小説… JUMP j BOOKS

JE CROIS EN MOI

憂国のモリアーティ

MORIARTY THE PATRIOT

虹を視る少女

竹内良輔
三好 輝
小説／埼田要介

Storyboards by Ryosuke Takeuchi
Artworks by Hikaru Miyoshi
Novelization by Yosuke Saita

ウィリアム・ジェームズ・モリアーティ

孤児だったが、博学で天才的頭脳の持ち主。アルバートの実弟になりすまし、実弟の名“ウィリアム”を名乗る。
現在は数学教授と犯罪《クライム》相談役《コンサルタント》として活動。

STORY

19世紀末の大英帝国最盛期。古くからの完全階級制度による歪んだ国の在り方に辟易する貴族の息子・アルバートは、養子として家に住まわせていた孤児院出身の兄弟・ウィリアム、ルイスと共謀し、火災を装って家族を殺害。モリアーティ伯爵家の跡取りとして家を継いだ3人は、悪を排除し理想の世界を目指す決意を固める。

ウィリアムの工作により特務機関〝MI6〟の指揮権を手にしたアルバート。手足となる部隊を手に入れたウィリアムは、壮大な計画を明かす。それは、ロンドンを舞台に犯罪を演出することで国の腐敗を暴き、市民の目を覚まさせるというものだった。

CHARACTER

アルバート・ジェームズ・モリアーティ

若くして家督を継いだ伯爵。
MI6の幽霊会社《ペーパーカンパニー》である
ユニバーサル貿易社の取締役。

ルイス・ジェームズ・モリアーティ

ウィリアムの弟。
領地の管理と屋敷の
執務などの一切をこなす。

セバスチャン・モラン

射撃の名手。
元軍人で喧嘩っ早い性格。
腹心の部下としてウィリアム
を支える。

フレッド・ポーロック

イギリス中の犯罪
ネットワークに通じる青年。
変装術や密偵などに長ける。

フォン・ヘルダー

盲目の天才ドイツ人技師。
MI6では兵器課長を務め
“Q”と呼ばれる。

ジェームズ・ボンド

MI6、七番目の特殊工作員。
アイリーン・アドラーが闇に
身を潜めるための新しい名前。

ジャック・レンフィールド

第一次アフガン戦争時代の
白兵戦の達人。当時、敵味方から
恐れられつけられた通り名が
“ジャック・ザ・リッパー《切り裂きジャック》”。

ザック・パターソン

ロンドン警視庁に勤務する
MI6の内通者。犯罪捜査部《CID》の
主任警部に昇格した。

シャーロック・ホームズ

並外れた観察眼と推理力で、
真実を解き明かす
自称、世界で唯一の諮問探偵《コンサルティングディテクティブ》。

ジョン・H《エイチ》・ワトソン

アフガン戦争帰りの元軍医。
221Bでシャーロックと
ルームシェアを開始する。

MORIARTY THE PATRIOT

CONTENTS

MORIARTY THE PATRIOT

1
虹を視る少女

ロンドン市内のとある百貨店《デパート》の中に、その男の姿はあった。

男はその怜悧《れいり》な眼差《まなざ》しで商品棚に置かれた茶器を見つめながら、思案深げに顎に手を添える。まるで真理を探求する哲学者のような理知的な佇《たたず》まいだ。

彼の名はウィリアム・ジェームズ・モリアーティ。

今や人々の間で純粋な恐怖と敵意をもって語られる存在となった〝犯罪卿《はんざいきょう》〟の中心人物である。そんな彼が今、ごく普通の茶器を興味深げに凝視していた。

仮にウィリアムをよく知る者がこの状況を見れば、彼がこの何の変哲も無い日用品をどんな巧妙な企《たくら》みに利用するのだろうかとあれこれ推測するかもしれない。しかし今のウィリアムの頭には平時とは異なり、懊悩《おうのう》にも似た迷いが生まれていた。

「…………」

熟考。もしかすると犯罪計画を立案する時以上の思考を費やしているかもしれない。

彼はそのまま一分程、茶器を前に立ち尽くす。その持ち前の美顔に、周囲の客たちが惚《ほう》けたように魅入っていた。ウィリアムはその視線に気付くと、苦笑と共にそそくさとその

場を後にする。少し名残惜しそうに茶器を一瞥《いちべつ》しながら、別の売り場へと向かった。

悩ましげな顔で店内を練り歩く彼を誘惑するように、魅力的な商品の数々が行く先々に現れる。綺麗《きれい》に陳列されたそれらへ細かく視線を配りながら、ウィリアムはより一層考え込んでしまうのだった。


デパートはヴィクトリア朝の人々に大きな衝撃を与えた商業施設である。

多様な商品を一つ屋根の下に並べるというアイデアは一八五一年にロンドンで開催された万国博覧会の展示方法から着想を得たとされ、一般的に世界で最初のデパートとして知られる『ボン・マルシェ』が一八五二年にパリでオープンして以降、英国でもハロッズやホワイトリーズといった複数の部門《デパートメント》を持つ大型小売店が数多く誕生した。

それでも伝統を重んじる上流階級の者はデパートを敬遠する傾向があり、そもそも基本的な買い物は使用人の仕事である為《ため》、こうしてウィリアムのような屋敷の主に等しい立場にある人間が一人で出向くというのは滅多に無いのだが、それにはある特別な事情があった。

——ルイスにプレゼントするには丁度良いと思ったんだけど、出来れば僕や兄さんとも統一したいしな……。

ウィリアムはそんな呟《つぶや》きを心中で漏らす。

今日ウィリアムが一人でデパートを訪れたのは、ルイスやアルバート、そして屋敷で働く使用人たちへの日頃の感謝を込めて、彼らに一人一つずつささやかなプレゼントを購入する為だった。

しかしいざ実際に商品の数々を目の当たりにすると、あれもこれもという考えが生じて、予想以上に迷ってしまう。大切な仲間への贈り物だから慎重に吟味しなくてはならないとはいえ、普段から素早い判断を下す彼だけに、この長考は貴重な光景ですらある。実は現時点までに幾つもの商店をはしごしていて、ここで五軒目となる。

皆にはサプライズで贈るつもりなので、当然この買い物もルイスたちには内緒だ。時刻はもう夕暮れ時を迎えており、これ以上は自分の不在に関して無用な心配を与えてしまう。そろそろ決断しておきたいところだ。特にこの店は品質の良さと品揃《しなぞろ》えの豊富さで人気らしく、期待値もそれなりに高い。

先程気になった茶器は一旦保留にして、次は衣料品のコーナーを訪れる。服選びに悩んでいる婦人と語らう店員を横目に、ウィリアムは紳士用の帽子を眺めた。

すると、てててと楽しげな足音が陳列される商品の間を縫ってその婦人の傍《そば》へ近付いてきた。

「おかーさーん。後でおもちゃ買ってー」

「はいはい、後でね。ごめんなさい。うちの子、落ち着きが無くて」

小さな玩具《おもちゃ》を掲げながら満面の笑みを浮かべる我が子を宥《なだ》めると、婦人は心苦しそうな笑みを店員に向ける。そして店員もまた穏やかな笑顔を返した。

母子の微笑《ほほえ》ましい姿にウィリアムも穏やかな気持ちになっていると、彼女らの後ろを一人の少女が横切った。

背丈から、年齢は恐らく一〇歳前後。裕福な家庭環境を思わせる少し華美な服を着て、長い金髪を後ろで一つに束ねている。個々のパーツの均整が取れた顔立ちだが、そこに形作られる表情は退屈と不満が半々といった苦々しいものだった。

迷子と思ったのだろう、店員の一人が優しく声をかけるが、少女は一顧だにせず通り過ぎる。鮮やかなまでの無視にもめげず店員は再度接近を試みるが、折悪《おりあ》しく別の客に話しかけられて追いかけるのを諦めざるを得なかった。

「……………」

ご機嫌斜めな少女と店員とのやり取りを見ていたウィリアムは少し気になって、手に持っていた帽子を置き、彼女の小さな背を追う。

少女は上階へ向かい迷い無い足取りで玩具のコーナーを訪れると、何やら難しそうな顔

で商品を見回す。可愛《かわい》らしい人形やドールハウスを一瞥した後、棚の高い位置に置いてある小さな船の模型に注目すると、ぐいと手を伸ばした。爪先立ちで背伸びをして、ようやく模型の先に指先が触れる程度。それでも少女が懸命に腕を伸ばしていると、横からそっと模型を取る手が現れる。

「これが見たいのかな？」

ウィリアムは模型を差し出しながらそう尋ねる。

対する少女はポカンとした表情を浮かべたが、すぐにムスッとした不満顔に戻る。

「余計なお世話よ」

刺々《とげとげ》しい台詞《せりふ》を返すと、少女はウィリアムの手から模型をパッと奪い取る。だがお目当ての品を手にしても喜ぶ素振りは無く、やはり眉間に皺《しわ》を寄せて船を眺めていた。

「——弟さんが喜ぶといいね」

ウィリアムの言葉に、ピタリと少女の動きが止まる。そして驚愕《きょうがく》と不審を露《あら》わに彼を見上げた。

「……何で弟がいるって分かるの？」

「明白さ。君はこの売り場に来ると女の子向けの玩具は気に留めずに、どちらかと言えば男の子向けと言える船の模型を見ようとした。でも実際に手にした後も喜ぶ様子は無い。

つまりその模型は自分の為じゃなく、誰か別の男の子の為に買うつもりなんじゃないかと思ったんだ」

少女は説明を黙って聞くと、疑問を呈した。

「でも、それだと単なる男友達かもしれないじゃない。どうして弟と分かるの？」

「そこからは更に推測が強まるけど……君が脇目も振らず歩いていた点と、終始不機嫌そうにしてた点が主な理由かな。君くらいの歳《とし》の子が男の子にプレゼントをあげるとしたら、何となく照れ臭くて周りをもっと気にしていそうなものだしね。簡単に言うと、恐らくその子とは喧嘩《けんか》をしてしまい、親に仲直りするよう言われ、その為のプレゼントを渋々買いに来たって流れかな？　命じられた買い物だから余り楽しめないのも当然だ」

「………………」

朗々と語られる回答に、少女は口を半開きにして聞き入っていたが、やがて「ふーん」と素っ気ない態度ながらも肯定する。

「まあ、当たってなくもないわ。お兄さん、結構鋭いのね」

「お褒めに与《あずか》り光栄だね。でも、よく知ってる店だからといって子供一人で出歩くのは感心しないな。誰か一緒じゃないのかい？」

「……私がこの店を知ってるのも分かるの？」

「ここまで迷い無く来れたなら、常連か何かだという結論に至るのはそう難しくないよ」

即答したウィリアムだったが、少女はやや勝ち誇ったように胸を張った。

「私を常連だと思ったの？　残念。何を隠そう、私はこのデパートの経営者の娘なのよ。だから親の同伴なんか必要ないの」

「なるほど。じゃあ自分の庭も同然なんだね」

少女にとってはとっておきの情報らしかったが、ウィリアムからすれば少女がここの関係者である可能性は予《あらかじ》め想定していた。勿論《もちろん》、その予想を子供相手にひけらかすような真《ま》似《ね》はしないが。

するとウィリアムは何かを思い出して店内を見回す。

「でも、ここの経営者というと……もしかしてケヴィン・カーティスさん？」

彼が口にした名前に、少女が反応する。

「あら、ケヴィンさんをご存じ？」

「社交界でよくその名を聞くよ。優れた経営手腕の持ち主で、一食料雑貨店を巨大なデパートにまで発展させた、と。ここが彼の店だったんだね」

すると少女が感慨深げに頷《うなず》いた。

「そんな評価を頂いてるなんて身内として鼻が高いわ。でも社交界で耳にしたと言うから

には、お兄さんもそれなりに立派な紳士のようね」

「立派であるかは分からないけど、家の品格を落とさぬよう紳士的な立ち居振る舞いは心掛けているよ」

「偉ぶらないのは素敵よ。どうも貴族の方ってケヴィンさんみたいに自力でお金持ちになった人が嫌いみたいなの。だからケヴィンさんてば、いつも貴族の人たちに会うとへこへこしてるのよ。やんなっちゃう」

少女は嘆かわしそうに溜息《ためいき》を吐《つ》いてから、陰気な考えを振り払うように頭《かぶり》を振った。

「ま、そんな話はどうでもいいわ。とにかくお兄さんが言ったように、私はこのお店に詳しいって事」

「それは頼もしい」

ウィリアムは彼女に話を合わせるが、勝手知ったる店だとしてもやはりここは見知らぬ者が行き来する空間。なのでウィリアムは少女を説得して店員に引き取って貰《もら》うつもりだったのだが、そこで少女が興味をそそられたように彼の服の袖を引く。

「ねえ、少し私の買い物に付き合ってよ。お兄さん、何だか話してて面白いし、イケメンを連れてたら周りのお客さんにも自慢できるわ」

今し方の不機嫌はどこへやら、一転してウキウキした声音。子供らしからぬ俗な理由に、

ウィリアムは苦笑する。

「中々抜け目ない考え方だけど……そもそも、君は僕に警戒心を抱かないのかな？　自分で言うのも何だけど、いきなり話しかけて素性を暴いてくる男というのは相当の不審者だと思うよ」

不用心への注意も込めた意見だが、少女は平気な顔でこう答える。

「大丈夫よ。お兄さんは温かい色だもの」

「……色？」

妙な言い回しにウィリアムが自分の肌や衣服を確認していると、少女は首を横に振る。

「見た目の話じゃないわ。とにかく、良い人は大体温かい色で、怪しい人や嫌な人は暗い色なの。私、人を見る目は確かなのよ」

「…………」

謎めいた発言に脳裏でピンときたウィリアムだったが、少女はそれ以上の説明はせずにその小さな手を差し出した。

「私、ヘレナ。ヘレナ・カーティスよ」

対するウィリアムはその手を優しく握り返し、丁寧な挨拶を返した。

「僕はウィリアム・ジェームズ・モリアーティ。……どうやら君は何があろうと僕を買い

物に付き合わせる気みたいだね」

「ええ。さもなくばここで大騒ぎして、あなたを本物の不審者として捕まえて貰うわ。私に目を付けられたのが運の尽きよ」

「……それは恐ろしいな。分かった。暫《しばら》くヘレナさんの意に従おう」

「交渉成立ね。それでは、エスコートよろしくお願いするわ、ウィリアムさん。あと私の事は呼び捨てでいいわよ」

「了解、ヘレナ」

こうして、ウィリアムは少女ヘレナと行動を共にする事となった。


「丁度、ケヴィンさんにも何か差し上げようかと思ってたのよ」

モデル代わりにウィリアムに次々と帽子を試着させながら、ヘレナはそう語る。

「あなたはここでお兄さんや弟さんへの贈り物を買い、私は弟とケヴィンさんへの贈り物を買いに来た。だったらこうして一緒に買い物するのは相互利益だと思わない？」

「相互利益か……」

この年頃の子供には不釣り合いな合理的発想に、ウィリアムも苦々しい笑みを返す。

二人は今、先程ウィリアムが訪れた紳士服売り場に戻って来ていた。ウィリアムは包装

紙に包まれた箱を脇に抱えている。中身は今し方購入した船の模型だ。

帽子を被《かぶ》るウィリアムをまじまじと見て、少女は困り果てたように唸《うな》る。

「どうにも駄目ね。ウィリアムさんて何でも似合っちゃうから、逆に参考にならないわ。ケヴィンさんのルックスは六〇点くらいだから、ウィリアムさんもそれくらいの顔に変われない？」

ウィリアムの微笑に微量の困惑が混じる。

「力になれなくて悪いけど、そんな荒技は僕には難しいかな」

完全無欠の『犯罪相談役《クライムコンサルタント》』にも無理難題が存在する事が判明した。

それはともかく、親を一向に名前で呼び続けるヘレナの口振りからウィリアムは彼女の家庭の事情を察した。必要以上に踏み込むまいと話を逸《そ》らそうとしたが、彼女の方から話し出した。

「実はケヴィンさんは義理のお父さんなの。元々このお店は彼と私のお父さんの二人で開いたらしいんだけど、お父さんがいなくなってからは一人で経営してるのよ」

「凄《すご》い人なんだね。さっきヘレナから六〇点と評価されたのには同情してしまうけど」

ウィリアムは当たり障りの無いレベルで相槌《あいづち》を打つと、少女はまた独特の感性を用いて両者を比較する。

「ケヴィンさんも私の好きな色だけど、やっぱりお父さんには及ばないわ。お父さんは日没前に夕日を浴びながら浮かぶ雲みたいに温かくて少し寂しそうな色。私、あの色大好き。それでケヴィンさんは雨上がりに雲の間から差し込む日の光を反射してる木の葉の上の水滴みたいな感じ。瑞々《みずみず》しくて新鮮だけど、葉っぱの上から滑り落ちないよう踏ん張っているように見えて、少し不安な気分になるの」

ウィリアムはくすりと微笑んだ。この時点で、彼はヘレナが持つ特異な才に気付いていた。彼女の能力は恐らく『音』に関係している。

「これまた詩的な表現だね。ちなみに、僕はどんな色なのかな?」

ふーむ、とヘレナは小首を傾《かし》げた。

「そうね。ウィリアムさんは喩《たと》えるなら、暖炉の中で燻《くすぶ》ってる火みたいに落ち着いた色で好みなんだけど……よくよく見ると激しく燃え盛る炎みたいに危なくて情熱的な色にも見える。あなた、もしかして二重人格?」

「同じ火の色なら、気分次第で変わるんじゃないかな?」

ウィリアムは微笑み混じりに返すが、表と裏の二面性という意味では彼女の指摘は的を射ている。幼い少女の鋭敏な観察眼に、ウィリアムは敬意すら覚えた。

だがヘレナは納得しかねるように口を尖《とが》らせる。

「気分で変わったのなら分かるわ。私、そういうの間違えないもの。……その所為《せい》で周りの子は気味悪がって近付かないけど」

言葉の後半、少女の語気に確かな陰りが生じた。

異質な感性は、正しい理解が得られなければ偏見の目で見られてしまう。彼女もそれなりに辛《つら》い目に遭ってきたのだろう。やや世間ずれしたような大人びた性格なのも、自己防衛の意味があるのかもしれない。

慰めるべきか、それとも流すべきか。ヘレナの人柄を踏まえてウィリアムが最適な応対をしようとした時、ヘレナは突然ハッとした表情になって売り場から遠く離れた場所に目を向けた。

そして同じタイミングでウィリアムもそちらを見遣《みや》る。ヘレナは天性の異才で、ウィリアムは常人離れした観察力で、店内に現れた異質なものを感じ取ったのだ。

二人の視線の先には、十数名で構成された男の集団がいた。

他の上品な装いの客たちと違って、表面の剝《は》げた革の鞄《かばん》をそれぞれ持った男たちの身なりはお世辞にも清潔とは言い難く、豪華な内装の店内で悪目立ちしてしまっていた。加えてその人相も剣呑《けんのん》に彩られ、ギラついた眼差しでフロアを隅々まで見渡していた。中でも集団の先頭に立つ男は、周囲が咄嗟《とっさ》に目を逸らす程のドス黒い殺気をまとっていた。

彼らはフロアの中央で顔を合わせると散会し、数名を残して店内のあちこちへ消えていく。

「ヘレナ」

不穏な集団の登場が引き起こす展開を瞬時に予測したウィリアムは、ヘレナの手を引いて素早く試着室の中に避難する。

シャッとカーテンを引いて身を隠すと、ヘレナが不安げに問うた。

「何、あの人たち」

「危険な人たちだ」

即答しながら、ウィリアムは既に次なる手を考え始める。構成員の数と質。店内の構造。そして警察の初動。

結末までの流れが見えた瞬間、店内に数発の銃声が轟《とどろ》いた。

突然の出来事に店のあちこちで悲鳴が上がるが、それも男の怒号で掻《か》き消される。

「ここは俺たちが占拠した！　殺されたくなければ妙な動きはするな！」

男たちの宣告にヘレナは身を竦《すく》ませる。不安に駆られながら自分を抱き込むウィリアムの顔を見上げると、その表情は寒気がするくらいに沈着なままだった。冷徹なまでの雰囲気の中、彼の瞳だけが赤々と輝いている。

——やはり、この人の中には炎が宿っている。

非常事態の中、少女はそう確信した。


ロンドン警視庁《スコットランド・ヤード》。犯罪捜査部《CID》の主任用の執務室で事務処理をしていたパターソンの下に、ジョージ・レストレード警部が慌ただしい足取りでやってきた。

「パターソン。大変だ」

パターソンは目を通していた書類を置くと、眼鏡の位置を直してレストレードに向き直る。

「緊急の案件のようだな」

「ああ、三〇分程前に市内にあるデパートが武装集団に占拠されたようだ」

立場上はパターソンの方が上司にあたるが、彼と同期で気の置けない仲であるレストレードは気兼ねない調子で現場の状況について説明を始める。

犯人グループは拳銃や猟銃で武装して客や店員を人質に取っており、現在は店の窓をカーテンや障害物で塞いでいて店の中の様子は外からは一切窺《うかが》えない。

ざっと報告を聞き終えたパターソンは質問を投げかける。

「事件が発覚した経緯は？」

「占拠される寸前に店から脱出した客がいて、巡回中の警官に助けを求めたそうだ。今は現場付近の警官も加わって店の周囲を取り囲んでいて、上からの指示を待っている状態だ」

「対応が迅速で何よりだ。犯人から要求はあるか？」

「人質解放の条件として一万ポンドを要求しているらしい。それと『いけ好かない金持ち共への天罰だ』などと口にしているようだ」

パターソンは静かに頷いた。

「断定は出来ないが、今の所は単純な金目当てと富裕層への怨恨を動機にした犯行と考えられるな。交渉はどのように行っている？」

「相手は店の入り口に一人交渉役を立たせていて、そこから警官とやり取りをしている。店を警官隊に囲まれていても特に切羽詰まった様子はないそうだ」

「すると籠城はデパートから逃げ遅れた結果として仕方無く行った訳ではなく、計画の内という事か。だとすると店の構造も調べているだろうから、きっと別の出入り口も抑えられているだろう。突入が容易でない以上、暫くは膠着《こうちゃく》状態が続くかもしれない」

パターソンは現状を頭の中でまとめ、今後の動きについて思考を巡らせる。

デパートという巨大な商業施設を占拠するというのは余り前例の無い事件だが、話を聞

く限り目的はありがちな強盗と同じだ。自分の身を顧みない危険思想などを持ち合わせていない分、動きは読みやすい。下手に刺激せず、慎重に説得を続けていけば最悪の事態は回避できるだろう。

——これが普通の立て籠もり事件ならば、だが。

「取りあえずは現場に増員を送って相手の出方を見よう。レストレードも向かってくれ。お前の分の仕事は俺がある程度片付けておく」

レストレードは苦笑と共に感謝を告げる。

「悪いな。残りは報告書をまとめるだけだが、手間をかけさせる」

「何、同期のよしみだ。現場に着いたら状況を逐一報告してくれ。いざとなれば俺も現場に行くつもりだ」

それにもう一度微笑んでから部屋から出て行くレストレードの背中を、パターソンは理知的な眼差しで見つめていた。

デパート三階《セカンドフロア》の中央には、人質となった紳士淑女やその子供たちが集められていた。為《な》す術《すべ》も無く座り込む彼らの周囲を、顔を布で隠して銃で武装した犯人たちが取り囲んでいる。

犯人は皆、不穏な空気をまとっているが、その中でも図抜けて危険な気配を放つ男が一人いる。先程ウィリアムたちの目に留まった男だ。その風格には他の犯人たちも一目置いているようで、彼が集団のリーダー格である事は明白だった。

男は感情の読めない双眸《そうぼう》で人質たちの顔を眺めていたかと思うと、ある一人の婦人の前に屈《かが》み込んで顔を近付けた。当然、婦人は男の行動に小さく叫び声を上げた。

「お、お金ならいくらでも差し上げますから、どうか、命だけは……」

婦人の涙声での訴えに、周りの犯人らから下卑た笑いが漏れる。

「だとさ、ジェイク。こいつらから巻き上げた上に警察が要求に応じりゃ、かなりの金が入ってくるぜ」

仲間の一人が屈み込む男にそう語りかける。

やはり金が目的らしい犯人たちは計画が順調に進んでいる事に満足げだが、ジェイクと呼ばれた男はまるで無関心のようで全く反応を見せない。

彼は眼前の女性の慄然とした様を凝視しながら、徐《おもむろ》に口を開いた。

「——お前、新聞は読むか？」

「……え？」

いきなりの問いかけに婦人は素っ頓狂ですらある声を発した。

この状況下で全く意図が読めない質問だが、婦人は呼吸を整えてから返答する。

「新聞は毎日読んでますけど……でも、それが一体何なんですか？」

チッ。

ジェイクは一つ舌打ちをして言った。

「この街でも毎日のように殺人事件のニュースが取り上げられる。それを見て何も思わないのか」

それにも婦人は途切れ途切れに答える。

「何もって……酷《ひど》い事件に巻き込まれて気の毒だと思いました。もっと治安が良くなってこんな悲劇は無くなればいいいって——きゃあ！」

いきなりジェイクが婦人の頬を張った。唐突な暴力に周囲の人質たちが一斉に息を呑《の》み、やり取りを眺めていた犯人たちからは苦笑が零《こぼ》れた。痛みより驚きが勝って唖然《あぜん》とする彼女に対して、ジェイクは静かな怒気を秘めた声音で言う。

「被害者の大半は自分に降りかかる災いを予期していた訳じゃない。今、お前も俺に引っぱたかれる事すら予想できなかっただろう。だが、本来それは自然な事だ。悲劇は唐突に訪れる」

チッチッチッ。

ジェイクは数度舌打ちをした。

「お前らは平穏な生活の中で、自分たちが無慈悲な野生の世界から切り離されたと勘違いするようになった。しかしそれはただの思い込み。いつ、どこで、誰に、何をされても不思議じゃない。それがこの世における唯一絶対の真理だ」

チッチッチッチッチッ……。

どこか独りごつように言うと、ジェイクは更に舌打ちを重ねた。静まり返ったフロアで、その耳障りな音は昆虫の鳴き声にも似た無機質な響きがある。

「……真理、ですって？」

周囲が静寂を保つ中、婦人は信じ難いという風に眉をひそめる。

彼の見解をまとめれば、油断した彼女たちが悪いという事らしい。短絡的で歪《ゆが》んだ理屈だが、ジェイク自身の並々ならぬ迫力やこの緊迫感に満ちた状況も手伝って、その主張には妙な説得力があった。

しかし婦人は納得がいかないらしい。内なる良識が相対する悪人への恐怖を上回ったのか、彼女は頬を押さえながら気丈に反論する。

「そんなの、自分の犯罪を正当化してるだけだわ。何でもすぐ暴力に頼るからそんな考え方になるのよ」

「安い言い回しだな。俺は世の人間は自分の命に関して不真面目だと言っているんだ。野犬ですら縄張りを守る為に牙を剝《む》くのに、お前らは身を守る術すら身に付けていない」

「そう言うあなたは真面目な生き方をしていると言うの？」

皮肉っぽく言い返す婦人に、ジェイクは更に顔を近付けた。濃厚な狂気を宿した瞳に彼女の顔が映る。

「真面目で、真剣そのものだ。俺はガキの頃から幾度となく死と直面した。そうして世界の残酷さを学んだんだ。お前らとは生物としての格が違う」

ジェイクはどこか誇らしげに言い切ると、口の端を不気味に歪ませる。どうやら笑みを作っているらしい。奇怪な面持ちとなった凶悪犯と向き合う婦人の顔からまた血の気が引いていく。

そこで、人質たちの中から一人の少年が立ち上がった。

「わ、悪者め！　お前なんか、ぼぼ、僕がやっつけてやる！」

在りきたりな文句を吐く少年の声は震えていて、彼がなけなしの勇気を振り絞っているのは明白だった。

すると立ち上がった少年を傍らにいた女性が抱きしめる。彼の母親だった。

「止《や》めて！　大人しくしていなさい！　殺されてしまうわ！」

だがその制止も既に手遅れだった。ジェイクは立ち尽くす少年を一睨《ひとにら》みすると、仲間に目配せをする。彼らは示し合わせたように女性の腕から子供を引き剝がした。

「うわあ！　嫌だ！　止めろ、離せよ！」

少年は必死に抵抗するも大人との力の差は覆せない。悪漢二人に両腕を摑《つか》まれながら、彼はジェイクの前に座らされる。恐怖の余り少年の歯がカチカチと鳴った。

「止めて下さい！　その子には手を出さないで！」

男に押さえ付けられながら母親が訴えるが、ジェイクの耳には届かない。彼は仲間から一本のナイフを受け取ると、少年の手を取った。母親の悲鳴がこだまする中、ジェイクは少年の手の平にナイフの刃先を当て、躊躇《ちゆうちよ》無く一気に切り裂く。

痛みの余り、少年はわんわんと泣き喚《わめ》いた。その手の平からは止め処《ど》無く鮮血が溢《あふ》れ出る。少年の母親が言葉にもならない叫び声を発するが、すぐに固い床に倒され、その口を閉ざした。

ジェイクは這《は》いつくばる母親を一瞥すると、子供に威圧的な口調で話しかける。

「次はお前の母親の番だ。今度は手の平じゃ済まない。喉元を裂いて即死させる。致死量まで血が流れ出る光景を見た経験があるか？」

少年は涙目で首を横に振った。

「嫌だよ。そんなの嫌だ。お母さんを傷付けないで」

消え入るような声音だった。最初に立ち上がった時の威勢はとっくに消え失《う》せている。相手の心を完全に屈服させたジェイクは、少年に提案を持ちかける。

「なら、お前に捜して貰いたい奴《やつ》がいる」

ジェイクは懐から一枚の写真を取り出した。そこには一人の人物の姿が写っている。

写真を見ながら少年は嗚咽《おえつ》混じりに聞いた。

「……誰？」

「俺の知人の……何だったか。まあいずれにせよお前にとっちゃ他人だ。出入り口を抑えた奴らから報告が無いから、今もこのデパートのどこかにいるはずだ。今日はこいつの誕生日でな。盛大に祝ってやるつもりなんだ」

言って、ジェイクが少年に『ある物』を手渡すのを見て、周囲の人々はまた心の底から戦慄する。これにはジェイクの仲間たちですら苦虫を嚙《か》み潰したような顔になる。

リーダーの残忍さに耐えかねて、仲間の一人である瘦せぎすな男が恐る恐る声をかける。

「ジェイク。人質を見張ってるだけなのも暇だし、俺もそいつを捜してくるよ」

「俺も」

男の申し出にもう一人、小太りな男が加わった。二人の意見を聞きながら、ジェイクは

手をさっと振る。どうやら「行け」という合図らしい。

二人の男は半ば安堵《あんど》したようにそのフロアから出て、取りあえず階段を降りた。

「……何なんだよあいつ。完全にイカれてるぞ」

二階《ファーストフロア》に降りた後、瘦せぎすの方が愚痴っぽく呟くと、小太りの方が声を潜めて言う。

「知らねえのか。ジェイク・ボーヒーズっていやあ、裏の世界じゃちょっとした有名人だぜ。普段は殺しを生業《なりわい》にしてるらしくてな。人間性はともかく腕は一級品で、特に暗闇であいつから逃げられた奴はいないいんだと」

「はあ？　コウモリや梟《ふくろう》の霊でも取り憑《つ》いてんのか」

「あながち間違っちゃいねえかもな。噂《うわさ》によりゃあ、どっかの炭坑事故に巻き込まれて真っ暗闇の中を丸一月《ひとつき》生き抜いたとか、月の無い夜は森で獣を狩ってるとか……とにかく良い話は聞かねえよ」

小太りの説明に、瘦せぎすが床に唾を吐いた。

「気味悪《わり》ィ。今更だが、そんな野郎がどうして強盗なんか考えたんだ？」

この強盗チームは、ジェイクが直々に貧民街に屯《たむろ》しているゴロツキに声をかけて結成されたものだった。男たちも大金を期待して計画に参加したが、どうもジェイクには強盗以外の目的があるらしい。

「俺にも分からねえよ。だが上手《うま》くいきゃあ金が期待出来んのは間違いねえんだ。ここは大人しくあいつに従っとこうぜ」

「子供にあんな真似させる野郎にかよ……」

瘦せぎすが忌ま忌ましげに呟くと、二人はある光景を視界に収める。

彼らが通っていたのは、紳士用の衣料品コーナーだ。その壁際に並ぶ試着室のカーテンが一カ所だけ閉まったままになっている。そしてその前には男性用の靴が一組、脱ぎっぱなしで置いてある。

集めた人質たちは全員、ちゃんと靴は履いていたはずだ。

瘦せぎすが小太りに小声で問う。

「なあ、ああいう場所はちゃんと確認したのか？」

「さあな。そもそもこの人数で店全体は把握できねえ。取りこぼしは十分有り得る」

二人は顔を見合わせると、カーテンが閉ざされた試着室へと歩を進めた。

「油断すんなよ。もしかしたら武器を持ってるかもしれねえ」

小太りの警告に瘦せぎすがゴクリと生唾を飲む。そのまま小太りは試着室のカーテンに手をかけると、一息で引いた。

その中には――。

「……何だ、誰もいねえぞ」

「拍子抜けだな。大方、慌てて靴も履かずに逃げたんだろう」

二人はふう、と安堵の息を吐く。

試着室の中は無人だった。


二人の武装した男が無人の試着室の中を覗《のぞ》く姿を、ウィリアムとヘレナは展示される衣服の陰に隠れて眺めていた。

「……新たに現れたのは二人。このフロアには他に三人いたから、計五人だ。移動にそう苦労はしなそうだね」

ウィリアムは後ろで息を潜めるヘレナにそう呟く。ヘレナは一言も発しまいと両手に口を当てながらこくこくと首肯する。緊張する彼女を安心させるように、ウィリアムは優しく微笑んでみせた。

――このデパートは四階建てで、事件前に目視した犯人の総数は一三。事件発生時に二階にいたのは五人。その後、人質にした客や店員らを三階に集める為に一旦全員が上階に移動。すると再び二階《ファーストフロア》に八人降りてきて、そこから一階《グラウンドフロア》に五人が移動。残る三人が二階の見張りに。そして今、更に二名がここに来た。

よって現在の犯人たちの配置は、一階に五人、二階に五人、三階と四階《サードフロア》に計三人。広いデパート内をその少人数で網羅するのは不可能と言っていい。監視が十全でない以上、ヘレナと二人で身を隠しての移動も容易だ。

そして警察に関してだが、店が占拠される前に逃げた人もいるはずだから、そちらも事件に気付いて動き出しているに違いない。犯人たちに大きな動きは見られないので、身代金の交渉でもしている最中だろうか。

唯一の懸念材料はグループの首領と思《おぼ》しきあの男。確か名はジェイク。貧民街で殺し屋紛《まが》いの仕事をしている危険人物だ。過去にプロファイリングした記憶があるが、あの男の凶暴性を考えれば、人質が無闇に傷付けられる恐れがある。いずれにせよ、早々に決着を付ける必要があるが——そこで新たな疑問が浮上する。

人数が不足している等、杜撰《ずさん》さが見え隠れする籠城計画。そしてそこに参加している殺し屋の存在。

二つの条件から推測すると、犯人の真の目的は金品とは別にある可能性が高い。ならばその目的とは、このデパート内にある品物、或《ある》いは人物。籠城はそれを見つけ出すまでの時間稼ぎといったところか。

すると、この先犯人が打ってくる手は……。

ほんの数秒の内に行われた思考。ウィリアムは微笑の裏で、隠れ潜んでいた時に得た情報を整理し、今後の作戦を練っていく。

「……ねえ、ウィリアム。私たち全員殺されちゃうの？」

不意に、ヘレナがウィリアムの服の袖を引いた。『全員』という言葉には、自分たちだけでなく捕まった人々も含まれているのだろう。

少女のさりげない優しさを感じ取りながら、ウィリアムは彼女の頭を撫《な》でた。

「大丈夫。きっと何とかしてみせるよ」

しかしヘレナの表情は晴れない。

「私、あの人たち嫌い。流れの悪い川底の泥みたいな濁った色してるんだもん」

独自の感覚で犯人たちをそう表現すると、ウィリアムは同調するように頷く。

「君にはああいう悪者たちの声がそういう『色』に見えるんだね」

彼の言葉に、ヘレナがきょとんと目を丸くした。

「分かるの？　私が声を見てるって事」

「そういう感覚を持っている人の例を知ってる。君のそれは『共感覚』というものだ」

共感覚とは、ある刺激に対して通常の感覚に加えて異なる種類の感覚をも生じさせる知覚現象の事だ。ヘレナのような音を聞くと色が見える『色聴』は、共感覚保持者の中でも

比較的発生率が高いと言われている。

「一部の人にみられる現象で、他にも文字に色が付いて見えたりとか、他人が何かに触れているのを見て自分も同じように触れている感覚になるという人もいるらしい」

淡々と自分の知る例を挙げていくウィリアムだが、ヘレナはしゅんとうなだれてしまう。

「でも、やっぱり少ないんでしょ？　やっぱり私は普通じゃない、変な子なんだ」

「それは違う」

ウィリアムは少女に断固とした口調で言う。

「確かに多数派ではないだろうけど、決して悪い意味で変なんかじゃない。ヘレナの持つそれは才能や個性と呼ぶべきものだ」

「個性……」

ヘレナは顔を上げる。自分の能力がそのように呼ばれたのは初めてだった。

「だから自分を卑下する事なく、堂々としてていいんだよ。少なくとも僕はその能力があっても無くても、ヘレナのような人は好きだよ」

「……へ!?」

唐突に告げられた単語に、一瞬で少女の顔が真っ赤に染まる。

ヘレナなりにちゃんと他意は無いのは理解しているのだが、それでもウィリアムのよう

な男が口にするとこれ程までに破壊的な威力を持っているのを痛感する。多分、単に優れた容姿をしているだけではここまで魅力的には聞こえないであろう。

「……真のイケメンって恐ろしいのね」

「ん？」

ヘレナが胸の動悸《どうき》を押し殺しながら独りごちた言葉に、ウィリアムは小首を傾げる。この仕草も計算だとしたら、彼は相当の小悪魔……否、神ですら震え上がらせる悪魔に違いない。

図らずもヘレナがウィリアムの真実を別の意味で見抜きかけていると、ウィリアムがしかつめらしい顔で問いかけてくる。

「ちなみにヘレナの聞く色に関してだけど、正確にはどれくらいの精度があるのかな？一人一人判別出来るくらいなのか、それとも大まかに相手の感情が分かる程度なのか」

少し考えて、ヘレナは答える。

「普段から聞いてる人の声なら一発で分かるわ。でも他の人は……感情が読めるくらいで、一人一人見分けるまではいかないわね」

「じゃあ、本気で怖がっている『悲鳴』と、それ以外の『叫び』は見分けられる？」

質問の意図を図りかねつつも、ヘレナは素直に頷いた。

「それは分かるわ。……でも、それが一体何なの？」

少女の問いに、ウィリアムはやはり硬い面持ちで尋ねてくる。

「……きっと、ここから先で犯人たちがある行動に出ると予想しているんだけど、そこでヘレナの力を貸して貰いたいんだ」

「私の力を？　どんな風に？」

「それは――」

そこで、ウィリアムはヘレナの後方を見て、突然説明を止めた。

「……どうしたの？」

ヘレナは不思議に思い、後ろを振り返る。

彼女たちから少し離れた場所に、一人の少年が力無く立っていた。

「確か君は……」

ウィリアムはすぐに少年の正体に思い至る。彼はウィリアムが最初に紳士服売り場を訪れた際に、母親に玩具をねだっていた子だ。

そんな子が一人店内をさまよっている。偶然、ここまで犯人の目に留まらずに移動してきたという可能性もなくはないが、この場合はそうではない危険性の方が遥《はる》かに高い。

ウィリアムは少年の様子を観察する。強張《こわば》った表情。全身の震え。そして、ずっと片方

の手を背中に回している。何かを隠し持っているのは明らかだが、ウィリアムは既にその『何か』に見当を付けている。

「……二人は、あの人たちから隠れてるの？」

少年が弱々しい声で尋ねてくる。

「……そうよ。あなたも同じ？」

ヘレナも異変を感じ取ったのだろう。警戒した様子で質問し返す。

すると少年の顔が更に引き攣《つ》った。

「あ、あのおじさんがね、今日は……誕生日だから、ここ、この蠟燭《ろうそく》に、火を、着けて……渡してやれって」

蚊の鳴くような声で言うと、少年は後ろ手に隠し持っていた物を二人に見せ付けた。

「それ――」

ヘレナは目を見開いて身体《からだ》を硬直させる。

――少年はその手に一本のダイナマイトを握っていた。

少女が凍り付く前で、彼はもう片方の手でマッチを取り出す。

この時点でウィリアムは動いていた。

事件現場となっているデパート前の通りは、おびただしい数の群衆でごった返していた。

「皆さん、ここは危険です！　近付かないで下さい！」

レストレードは他の警官と協力して、人々が現場に近付かないよう注意喚起していた。

パターソンが予想したようにデパートの他の出入り口は塞がれて簡単に手出しが出来ない状況であり、依然として警察は店の周囲を固める事と犯人との交渉以外にはやる事が無い。必然的にレストレードも交通整理に回る事になった。

夕日は街の彼方《かなた》に消えて既に夜の時間帯に差し掛かっていたが、一向に減る気配のない人だかりにレストレードも苛立《いらだ》ちを隠せないでいる。

「おい、規制用のロープをもっと広く張ってくれ！　この位置じゃ市民が巻き込まれるぞ！」

「今やっていますが……やはり人が多過ぎます！」

武装集団によるデパート占拠という、物騒でありながらも珍しい事件は、やはり第三者の関心を強く惹《ひ》き付けるものらしい。面白半分で集まった人々からは時折、野次めいた声まで飛び出している。

「くそッ。この騒ぎが変に犯人を興奮させないといいが……」

レストレードが事件への悪影響を危惧していた、その瞬間だった。

「――うわァッ！」

突如デパートから爆音が轟いた。見物に来ていた人々も一斉に身を伏せながら悲鳴や怒号を発する。警官たちが驚いて店の方を振り向くと、店の二階部分の窓が割れ、そこから煙が噴き出しているのが目に入る。途端に群衆が狂乱状態に陥った。

「落ち着いて！　とにかくここを離れて下さい！」

慌てふためく人々を落ち着かせようとレストレードたちは声を張り上げる。

「……一体中で何が起きている？」

ふと、レストレードはそんな疑問を口走った。

「大変です。立て籠もり現場で爆発があった模様です」

「何？」

部下の警官の報告に、パターソンは雑務の手を止めて眉根を寄せる。

「詳細を教えてくれ」

「つい先程、占拠されたデパートの二階で爆発があったと現場を取り囲む警官から連絡がありました。人的被害はまだ確認されていませんが、周囲には割れた窓ガラスの破片などが散乱しているようです。爆発自体が意図的なものか事故によるものかは判明しておりま

せん」

「そうか……」

想定外の事態に、パターソンは少し目を伏せて考え込む。

仮にこの爆発が犯人によるものだとしたら、彼らは最初から爆発物を用意していた事になる。だが、それなら警察との交渉時に『不審な動きがあれば爆弾を使用する』などと言って脅しに利用するのではないだろうか。

なら爆発は犯人にとっても不測の事態だったのか……だとすれば犯人は警察側が何か仕掛けてきたと勘違いし、穏便な交渉が難しくなる。いずれにせよ、この出来事を機に今後の方針を練り直す必要がある。

そう決断を下して修正案を組み立て始めたパターソンだったが、そんな彼に部下の警官が更に報告を付け加えた。

「それと現場に散らばった物の中にこのような紙が……」

彼は一枚の折り畳まれた紙片を取り出して、パターソンに渡した。

「これは？」

「どうやらメモ書きのようです。わざわざ手帳の紙を綺麗に切り取って書かれている点から、爆破の騒ぎに乗じて中にいる人が何らかの意図で書いたものかもしれないと判断し、

回収したそうです。その後、どうしても意味が読み解けないので、レストレード警部がパターソン警部に回してみようと提案したらしく……」

「そうか。良い判断だ。あいつを現場にやって正解だった」

頼もしげに呟くと、パターソンは紙を開いてその中身を読む。

『少女の声を聞け。——絆《きずな》と結んだ者より』

紙には、たった一行の文章と奇妙な名前だけが記されていた。

「何かの暗号でしょうか。単に内容が意味深なだけの悪戯《いたずら》書きが落ちていた可能性もありますが……」

「…………」

部下が困ったように唸る前で、パターソンはこのメモが自分にとって非常に重要な意味を成している事に気付いた。

彼が注目したのはその名前。『絆と結んだ』という奇妙な言い回しだ。

普通なら『絆を結ぶ』と書くものを、このメモは『絆と結ぶ』と書いている。たったそれだけの違いだが、パターソンが所属するあの組織ならばそこに込められた意図を汲《く》み取れる。

絆とは、彼らの仲間であり、現ＭＩ６の七番目の諜報員《ちょうほういん》であるジェームズ・ボンドがこ

の組織に加入する際に名前の由来とした単語だ。

そしてその絆《ボンド》と手を結んだ者——それは〝犯罪卿〟に他ならない。

ならばこのメモは〝犯罪卿〟が書いたものと読み取れるが、組織内でその名を名乗っているのはモリアーティ兄弟だ。長兄アルバートはMI6のペーパーカンパニーであるユニバーサル貿易社にまだいる時間だし、末弟のルイスも屋敷の業務をしているはず。ならば残るはただ一人。

パターソンは生唾を飲み込んだ。

——ウィリアム様があのデパートにいるというのか!?

驚愕の事実に至ると、パターソンはメモの文章の方を再び注視する。

『少女の声』とはいかなる意味だろうか。この緊急時に無駄な謎掛けをするような人ではない。つまり、これはそのままの意味で受け取るべきだろう。

パターソンは部下に告げた。

「現場の警官に、少女の存在に気を払うよう伝えておいてくれ」

部下の警官は戸惑いを隠さずに言う。

「少女とは、どのような人物で?」

「それはまだ分からない。しかし、この少女とやらが重要な鍵を握っているのは確かだ。

曖昧な指示で悪いが、従って欲しい」

謝意を織り交ぜながらも確かな自信をもって発した命令に、部下の警官も敬礼を返した。

「分かりました。すぐに報告に向かいます」

部下が去った後も、パターソンは椅子に座って思考し続けていた。

――本当にウィリアム様がデパートにいるのだとすれば、この事件も何かの計画の一端なのだろうか。しかし自分は何も知らされていないし、彼自身からこのような形で暗号めいたメモも出されている。つまり、この件はあの方の予定には無い事案だと認識せざるを得ない。

そうなると、襲撃されたデパートにウィリアム様がいただけという『単なる偶然』の場合を除いて、事の深刻さが増す。何故《なぜ》なら、デパート襲撃の真の目的がウィリアム様にある可能性があるからだ。

ではウィリアム様が狙われる理由とは何か。

答えは明白。――彼が〝犯罪卿〟だからだ。

先日、市民から篤《あつ》い信頼を得ていたホワイトリー議員をやむを得ず殺害した事で〝犯罪卿〟は英国の敵と認知されるようになった。その結果、いずれは政府が暗殺という手段を用いて〝犯罪卿〟という危険因子を排除しにかかるであろう未来も予見されていた。

だがこれが政府の作戦だとすれば、いささか行動が早過ぎるのではないか？　兄弟の真意を知るマイクロフトならば多少の猶予を与えそうなものだが……いや、彼らの信念を知っているからこそ暗殺に踏み切ったとも考えられるか。

パターソンは背筋に嫌な寒気が走るのを感じつつも、一つ息を吐いて気を静める。

――だとしてもやるべき事は変わらない。ウィリアム様のメモに必要最低限の指示しか記されていないのは、裏を返せば自分はあくまで警察としての役割に徹しろという命令と取れる。

ウィリアム様ならば、必ずこちらが立てる作戦も先読みしている。あの方と考えが一致しているならば、『声』とはそれを行う合図を示している。

犯人たちを『一斉同時制圧』するタイミングを知らせる合図を。

パターソンへ爆破の報告が伝えられた、ほんの少し前に時間を巻き戻す。

「う……うう……」

爆破の余韻が残る空間から少し離れた所で、少年の嗚咽が響いていた。

ウィリアムたちの視線の先には煙が立ち込めており、抉《えぐ》れた床には爆破に巻き込まれた商品の残骸が散らばっている。その一角だけ切り取ればまるで戦場のような有様だ。

「二人共、大丈夫だった？」

爆風から身を守る為に隠れた棚の後ろで、ウィリアムは子供たちに尋ねる。

「どうして……爆弾なんか」

ヘレナは呆然《ぼうぜん》としながらそう呟き、少年の方は顔をくしゃくしゃにして言葉にもならない声を発している。無理も無い。彼は今し方、自爆を強いられたのだ。

――予想はしていた。

ウィリアムはヘレナと泣きじゃくる少年を交互に見ながら軽く唇を噛む。

敵の狙いは既に看破していたし、敵が取り得る手段も全て予測は出来ていた。

子供に爆弾を持たせて自爆させる。当然、それも想定済みだ。だからこそウィリアムは咄嗟に少年の手からダイナマイトを奪い、今後の流れを考えてあえて爆発させた。

しかし万事が想定内だとしても、ウィリアムは自身の内側に静かな熱が生まれるのを自覚する。焼けるような熱さとは正反対の、極限まで冷え切った熱。

目的の為にここまで非道な手を使うか。年端も行かぬ子供を巻き込んで。

――断罪に値する。ウィリアムの中で一つの決定が為された。

心に芽生えた冷酷な感情などおくびにも出さず、ウィリアムはヘレナに対して慈しむような微笑みを向ける。

「一応、安全な距離を保ったから怪我《けが》も無いようだね。だけど今の爆発で犯人はこちらの位置を特定しただろうから、彼らがやってくる前に移動する。いい？」

「わ、分かったわ」

半ば放心状態になりつつも自分の足で立てるヘレナを促すと、ウィリアムはポケットから手早くメモ帳とペンを取り出して例の指示を書き、ページを破り取ってから割れた窓の外へ放り投げた。そして恐怖で身動きできない少年を背負って走り出す。

「ごめん、なさい。ごめんなさい……」

移動中、ウィリアムの背中で少年が涙声で幾度となくそう呟いた。足を止めないまま、ウィリアムは少年に優しく語りかける。

「君は何も悪くない。悪いのは、君にあんな真似をさせた人の方だ」

「でも、僕がやらないとお母さんを殺すって、ジェイクって人が……」

「……やはりその男か」

ウィリアムはこれから審判を下す敵の名を確認すると、手頃な物陰を見つけて再び身を隠す。

周囲に油断なく気を配りながら、彼は声量を落として少年に尋ねる。

「君が狙えと言われたのは……ヘレナかな？」

「え……私？　どうして？」

ヘレナはきょとんとした顔で自分を指差す。少年はこくりと頷いた。

「その子の写真を見せられて、見つけてこいって言われたんだ」

「なるほど。怖い思いをしたんだね。よく頑張った」

ウィリアムは少年の頭を優しく撫でる。手の平から伝わる温かさに少年も少し気持ちが落ち着いたらしい。涙を拭いながら、床に自分の足で立ち上がる。

――政府による〝犯罪卿〟暗殺の線はウィリアムも行き着いたが、彼はパターソンとは異なりすぐにその説を却下した。

この件が政府主導で行われたならば、〝犯罪卿〟という大物を相手に選《え》りすぐりの精鋭を差し向けるはずであり、あんな猟奇的な犯罪者を雇い入れる理由が無い。これは犯人グループを直接自分の目で見たウィリアムだからこそ至った結論である。

実際に殺害が実行されかけた今、犯人の狙いはウィリアムかヘレナのどちらかである事が確定したが、それがウィリアムでないなら消去法的にこのデパートの経営者を親に持つヘレナが標的となる。後は少年が証言した通りだ。

つまりこの事件は『一人の少女を狙った犯行現場に偶然ウィリアムが居合わせただけ』という真相だった。

すると彼女が狙われた理由が問題となるが、そこでヘレナが一人得心したように言った。

「そっか。この店は私の義父のケヴィンさんが経営しているからね。だから私を誘拐して彼を脅そうとしたんだわ」

「いや、誘拐目的なら爆弾まで使用してくるのはおかしい。相手は明らかにヘレナの命を狙っている」

ヘレナはウィリアムの言葉に顔を青ざめさせた。

「……どうして？　どうして私が殺されなきゃいけないの？」

ウィリアムは残念そうに首を横に振る。

「それは部外者である僕には判断出来ない。……例えば、君が誰かにとって不都合な事情を知ってしまい、それを隠蔽する為の口封じというのが考えられるけど」

「不都合な事情……？」

ヘレナは血の気の失せた顔でその場に立ち尽くす。まるで世界の果てに一人取り残されたかのような、絶望的な佇まいだった。

無垢《むく》な少女の命に関わる謎を解く手助けをしてあげたいのは山々だが、まずはこの切迫した状況を打開する必要がある。

ウィリアムは膝を折って二人の子供と目線を合わせた。

「……僕に作戦がある。それにヘレナの力が必要なんだ」

「え……私？」

ヘレナが自身を指差すと、ウィリアムは厳かに頷いた。

「上手くいけば犠牲者も出さずに済むし、二人共ここから脱出できる。……もし嫌なら、別に安全な策を考えるけど」

「…………」

ウィリアムが申し訳無さそうに言うと、ヘレナは萎《しお》れかけていた気力を奮い立たせ、彼に力強い眼差しを差し向ける。

「分かった。協力するわ。正直、凄く怖いけれど……他の人たちも助けられるんでしょ？」

少女の勇気ある言葉に、少年も続く。

「僕も……お母さんを助けたい」

「……ありがとう」

子供たちの覚悟を受け止めたウィリアムは、強い感謝と敬意を込めた笑みを浮かべた。

瞬間、ウィリアムの脳内にこれからの流れが鮮明に映し出される。

あのメモによってパターソンにこちらの意図は伝わるはずだ。彼は警察として対策を講

じて、こちらもあちらの作戦に沿って行動する。

自分だけでも犯人の一人や二人は即座に無力化可能だが、他の犯人に気取られれば人質に要らぬ危害が及ぶ恐れがある。ならば、間髪容《い》れずに犯人たちを全員抑える事が絶対条件となる。

ウィリアムは遥か高みを見据えるように、真紅の瞳を上階に向けた。

――作戦は、『一斉同時制圧』だ。


――『一斉同時制圧』辺りが妥当な作戦だろうな……。

チッチッチッ……と、小刻みに舌打ちの音が鳴る。

ウィリアムたちが現場から退散してから五分後。ジェイクはダイナマイトが創り上げた爆心地を眺めながら、そんな事を思った。他にも彼の仲間が、この惨状を見て苦々しげな顔を作っている。今は一階に五人。三階に人質の監視として一人だけを残し、他は全員がこの二階に集合している。

彼らの総数は一三。装備を整えた警察の部隊とまともに戦うには不利だが、人質によって警察も迂闊《うかつ》に手が出せないでいるし、ジェイクたちは定時連絡によって常に味方の安否を確認している。仮に一人が倒されたとしても残った人員で結集し、対応が可能だ。

よって警察側に残された手は、時間差無しで犯人を一気に制圧するという力業のみ。窓は遮蔽物で塞いでいるから外からの狙撃は不可能。一階から順に潰していってもジェイクたちが気付くので、結果としては『誰にも気付かれずに店内に大勢で踏み込み、全階を同時制圧する』が唯一の方法だ。

しかし、いかに数で勝ろうともそんな離れ技を繰り出すのは容易ではない。だからこそジェイクも余裕を持ってヘレナの捜索を行おうとしたのだが、この爆破現場を見て彼の考えが変わった。

間違いなくダイナマイトは爆発した。それはジェイクも確信している。三階でちゃんと爆発音を聞いたし、こうして店の一角が激しく損壊している。

だが肝心の標的の少女を仕留めていない。それどころか、自爆した少年の死体の肉片すら見当たらない。ダイナマイトに着火したものの怖《お》じ気づいて放棄したとも考えられるが、ジェイクの勘が異なる解を見出《みいだ》していた。

根拠は、少女を捜しに出た男二人の証言にある。

ジェイクの後ろには一度彼の下を離れた痩せぎすと小太りの男が佇んでいた。ジェイクは彼らを振り向く事なく聞く。

「お前らはあの試着室の中を見たんだな?」

そしてジェイクは遠目に見える紳士服売り場の試着室を指差した。そこにはまだ靴が一揃いあり、半分だけカーテンが閉じられている。

彼の問いに、小太りが答えた。

「ああ。だが誰もいなかった。きっと俺たちが店を占拠しきる前に一目散に逃げ出したんだろうな」

瘦せぎすと二人で下した結論を口にすると、ジェイクは重ねて問うた。

「――その時、カーテンは半開きだったか？　それとも完全に閉まっていたか？」

「は？」

瘦せぎすが意味も分からず首を傾げるが、ジェイクは真剣そのものといった声音で説明する。

「仮にカーテンが半開きだった場合は、お前らの言う通り、慌てて試着室から出て靴も履かずに逃げ去ったんだろう。だが完全に閉まっていたのなら、そいつは試着室から出た後、ご丁寧にカーテンを閉め直した事になる。つまり試着室に人がいると偽装したんだ」

「……どうしてそんな真似を？」

「中を覗く奴の姿を確認出来るし、試着室に敵の注意を引き付ければ見回りの数が減り、行動もしやすくなる。少なくとも、お前らは誰かに見られてただろうな」

自分たちが観察されていたという思いもよらない事態に、痩せぎすと小太りの顔が同時に引き攣った。この緊急時にそんな罠《わな》を仕掛ける者がいたとは。

するると小太りが慌てて当時の様子を思い出す。

「た、確か、あの時は完全にカーテンが閉まってた。だからこそ中に誰かが隠れてんじゃねえかって思ったんだ」

ジェイクは一際大きな舌打ちをした。

「まんまと嵌《は》められたな、間抜け共め。いずれにせよ、このデパートの中を俺たちに気付かれずに動く鼠《ねずみ》がいるって訳だ。きっとガキが爆破を回避したのもそいつの仕業だろう」

いち早くウィリアムの存在に気付くと、ジェイクの舌打ちが一層激しくなる。そしてそれがいきなり止んだかと思えば、彼はその場にいる全員に向けて宣言した。

「――予定変更だ。人質を解放する」

唐突な提案に、皆が虚を衝《つ》かれたように眉間に皺を寄せる。

「おい、何でだよ？　警察が金を用意するまで待つって話だったじゃねえか」

文句をぶつける仲間に対し、ジェイクは語り始める。

「待つ猶予が無くなったんだ。初めは警察は手が出せないと考えていたが、このデパートの中に不穏分子がいるとなれば話は別だ。そいつは知らない間に警察が突入しやすくなる

よう工作を施してるかもしれない。それに警察の方も最近は人事異動があったらしく、新しくCIDのトップになったパターソンとかいう奴は相当の切れ者と聞いた。そんな奴が現場に出向いてきたらますます不利になる。よって、俺たちはすぐに次の行動に移る必要がある。分かったか？」

ジェイクが滔々《とうとう》と告げた理由に仲間たちも渋々納得したようだが、その中の一人が未練がましく呟く。

「でも金が手に入ってねえ」

「金の事なら心配無用だ。依頼人からは前金でたんまり貰ってる。丸一年は遊んで暮らせる程の大金をな」

「は？」

驚愕の情報にジェイク以外の男たちは顔を見合わせる。そこには楽して大金を得た喜びは無く、ただ戸惑いしか見受けられない。

「依頼人って……何の話だ？　てっきり大金をふんだくる目的でデパートを襲ったのかと思ってたのに、実は襲うまでもなく金は手に入ってたのか？　それじゃあ俺らがここに来た意味は何だったんだ？」

「俺はとあるガキの暗殺の依頼を受けてお前らを集めた。それもこのデパートを派手に襲

撃した上でって条件でな」

ジェイクが明かした真実に、やはり仲間は納得しかねて声を荒らげる。

「何だよ、それ。強盗と殺しをして、誰に何の得があるってんだ?」

「知るか。俺はただ金で仕事を引き受けただけだ。相手の事情には関知しない。そもそも社会のゴミ同然のお前らに分不相応な金を渡してやるんだ。一丁前に不満なんか吐くな」

「………」

リーダーの発言に、皆が一斉に俯《うつむ》いた。酷く侮辱的な物言いに文句の一つでも返したかったが、ジェイクの語気が反抗の気概を挫《くじ》く程に威圧的だった事と、それ以上に自分たちの境遇に対する悲愴《ひそう》感が勝って、誰もが口を閉ざしてしまった。

後の無い立場を自覚した男たちに向けて、ジェイクは舌打ち混じりに説明する。

「金についての話は終わりだ。本題に戻るぞ。解放する人質の中にお前らの内から数人交ざれ」

「……俺たちも店を出るのか?」

また男たちの頭に疑問符が浮かんだが、すぐにその行動の意味を理解した。

「そうか。人質に紛れちまえば俺らは無事に脱出出来るかもしれねえしな。警察が身元確認をする前にトンズラこいちまえばいい。ここには紳士服もあるから変装も出来る」

仲間の一人が楽観的な意見を述べるが、それをジェイクは淡々と否定した。

「全員じゃない。お前らの半分が交ざる。それでデパートの外に出た後、警察に殺到する人質に乗じてどこでもいいから銃を撃ちまくれ」

「へ？」

今度こそ全員が理解不能といった反応をしたが、やはりジェイクは無感情に語る。

「銃を乱射して連中を攪乱《かくらん》しろと言ってるんだ。その間に俺と残りの奴らが店内にいるガキを見つけて殺す。簡単だろ？」

「………………」

余りにも無残な作戦に、最早《もはや》誰も言葉を発せない。

そのまま数秒間、二階全体が沈黙に包まれたが、やがて後ろに下がっていた痩せぎすの男がおずおずと言った。

「……俺たちに死ねって言ってるのか？」

ジェイクは彼の方を向いた。

「危険なのは俺だって同じだ。何せお前らが暴れてる間も店に残るんだからな。早くガキを殺して逃げなきゃいけない分、より難易度も高い」

「だったらよ。やっぱ全部諦めて逃げた方が良い。無駄死にする事なんざ無ェ《ね》よ」

「無駄じゃない。この危機によって俺たちはより強い生を望むようになる。それは下らない平和の中では決して手に入らない感覚だ。気高き生存本能だ」

破綻した思想に男たちも絶句する他無かった。突き詰めれば、このジェイクという男は自分の欲求を満たす為だけに仲間を利用しているに過ぎないのだ。

倫理観の欠落した彼の本性に呆《あき》れたのか、瘦せぎすはその場に銃を置いた。

「悪いが、もう付いていけねえ。この計画が誰かの依頼だって事実を隠してたのもそうだが、何よりガキに爆弾持たせたり、味方に死を強要したりするようなやり方にはもううんざりだ。確かに俺はゴミみたいな生き方してるけど、家には帰りを待つ嫁と子供がいんだよ。そいつらの為にも俺は死ぬ訳にゃいかねえ」

「……なるほどな」

瘦せぎすの主張にジェイクは妙に冷静な語気を返すと、他の仲間に問う。

「他にこいつに同意する奴はいるか？　俺の下を離れ、自力で逃げ延びたいって奴は？」

言うと、ジェイクはあの舌打ちを始める。彼の問いかけに、瘦せぎすの他にもう二人が恐る恐る手を挙げた。小太りの男はまだ全体の様子を窺っている。

チッチッチッ……カッ。

ジェイクの舌打ちの音が、最後の一音だけ変化した。舌を打つのではなく、舌を鳴らす

ような音。そして彼は言う。

「そうか。お前らの気持ちはよく分かった」

瘦せぎす含め計三人の反対票を確認すると、ジェイクは突然持っていた拳銃を彼らに向け、一人一人機械的に射殺していった。それぞれ額に小さな穴を穿《うが》たれた三人は、悲鳴一つ上げる事なく倒れ伏した。

当然、周りの男たちはパニック状態となる。

「あんた……何してやがる!?」

そう叫んだ男に、ジェイクは銃口を向ける。男は咄嗟に口を噤《つぐ》んだ。

「そいつらには死の覚悟が足りなかった。お前らも続くか?」

恐らく、残った全員でかかればこの凶悪な男を打倒出来ただろう。しかし、そんな反抗をさせない程の邪悪な威圧感が彼らの戦意を挫いた。

「……分かった。お前の指示に従う」

相手が屈服する姿勢を見せると、ジェイクは口の端を醜く歪ませる。

「正解だ。死の恐怖がお前らを進歩させた。……さて、面子《メンツ》の振り分けだ。今三人減って俺たちの残りは一〇人。ならばそこのお前」

ジェイクは小太りに声をかける。彼は緊張の余り背筋を伸ばした。

「な、何だ」

「お前は一階に行って、そこの五人に今の作戦を伝えろ。暴れる役は三人もいればいい。人質に交ざる奴を決めたら、お前は入り口に残って外に出た三人を後ろから見張れ。もしビビって逃げ出すようなら撃ち殺せ」

「……え、殺すって」

「分かったな。作戦を決行する四人以外は全員、俺と共に上階に向かう。ガキと鼠が潜んでいるとしたらそこしかない」

ジェイクの一方的な命令に、小太りを始めとした男たちは従う他無かった。

小太りは暗然とした気分になる。今の指示を下の五人に伝えれば必ず反感を買うだろう。だが何よりも不快なのが、そんな彼らに怒鳴り散らしながら銃で脅迫し、強引に言う事を聞かせる自分の姿が鮮明に思い浮かんでしまう事だった。無謀な案にも唯々諾々と従ってしまう程の恐怖を、自分は植え付けられてしまったのだ。

恐らくあの男は、自分と同じ形をしているだけの別の生物だ。喩えるなら、真っ暗闇の洞穴の奥に潜む魔物。神か悪魔でしか対抗出来ないような怪物。

まだジェイクの舌打ちの音が耳にこびり付いていた。

この音が聞こえる限り、自分は彼に逆らう事は出来ないだろう。

謎の爆発以降、デパート前の通りはすっかり人の波が引いて巨大な空白地帯が生まれていた。

そしてその空白の中、デパート入り口を半円状に囲むように警官隊が待機している。何故か数分前に突然交渉が打ち切られたかと思えば、犯人が人質を解放すると言い出したのだ。

何の脈絡も無い申し出だったが、相手からこちらの要求に応えてくれるというのであれば断る理由は無い。レストレードたちは警戒しつつも、人質が解放される瞬間を待つ。

——しかし、あの後パターソンからは『犯人グループを一斉に制圧する』としか指示が下らなかったが……あれはどういう意味だ？　それに合図とは……。

作戦の詳細が知らされていない事にレストレードは不満げだったが、すぐに目前の事柄に集中する。

解放宣言からおよそ三分後。レストレードは瞠目《どうもく》した。

本当に人質が入り口から出て来た。しかし警察側の予想とは違って、それは解放と称するよりも追い出されるという表現がふさわしい。後方で一人の小太りの男に怒鳴られ、客や店員たちが蜘蛛《くも》の子を散らすように一斉に飛び出してきたのだ。

「なっ……!? 皆さん、落ち着いて! 慌てず冷静に警官の下へ行って下さい!」

そう声を張り上げて彼らを鎮めようとするレストレード。そんな彼の下に、人質たちを追い抜きながらフードを被った子供が二人、勢いよく駆けてきた。レストレードは少し屈んで子供たちを受け止めると、フードを取る。二人は同い歳くらいの少年少女だった。

するとと少女の方がレストレードの目を見て力強く叫んだ。

「私の言う事を聞いて!」

その台詞に、レストレードははっとさせられる。『少女の声を聞け』。あのメモに書かれていた指示だ。

するとこれは合図だ。だが、何の?

彼が疑問を抱いた直後、少女は口早に告げる。

「人質の中に銃を持った犯人がいる。彼らはこの混乱を利用して暴れる気よ」

「!」

彼女の言葉を理解すると同時に、レストレードは瞬時に走り回る人々を見回す。それに合わせて少女が言った。

「あの人と、あの人……それとあの人の三人よ。他の人と叫びの『色』が違うの」

少女が順々に指差した人を見て、レストレードは周囲の警官に指示を飛ばした。

「あの男たちを捕まえろ！　銃で武装しているぞ！」

「は、はい！」

応答した警官が素早く動いた。男たちの方も銃を出していたが、発砲を躊躇したのか、単に慌てていたのか、銃を構える間も無く警官たちに取り押さえられる。

「ち、畜生！」

暴漢三人を無事確保した後、店の入り口の方から悔しげな声が発せられた。見ると、犯人グループと思われる小太りの男が銃を警官隊に向けていた。

「させるか！」

レストレードも迷わず拳銃を抜いて男に向かって撃つ。銃弾は男の肩付近に命中し、男は悶絶《もんぜつ》してその場に倒れた。警官隊が入り口から突入するのを見ながら、レストレードは少女に尋ねる。

「……犯人はこれで全員か？」

少女は厳粛な面持ちで首を横に振る。

「まだよ。あと六人中にいるわ」

どういう訳か子供らしからぬ謎の冷静さを見せる少女にレストレードは礼を言い、彼女を他の警官に保護させる。

「これが『一斉同時制圧』の正体か……？」


「お母さん！」

「ああ、良かった！　一緒に逃げていたのね！」

無事に合流して喜び合う少年とその母の横で、ヘレナはこの作戦を立てたウィリアムに畏怖の念を抱く。

彼が出した指示とは、ヘレナたち二人を一階に潜ませ、人質解放に乗じてデパートを出て真っ先に警官に駆け寄り、ヘレナが人質に紛れた犯人を教えるというものだった。

ウィリアムが事前に確認した、恐怖による『悲鳴』とただの『叫び』が聞き分けられるかという問いは、この展開を予測した上でされたものだったのだ。

犯人の思惑を完璧に読み切ったウィリアムの頭脳に圧倒されると同時に、ヘレナは新たな不安に襲われる。

実は彼女たちは二階で犯人たちの内紛の一部始終を観察していた。ウィリアムがダイナマイトを爆発させたのも彼らがそこに集まり作戦会議を開く事を見越していたからであり、そうしたからこそよりスムーズに相手の策に便乗出来たのだが、それでもあのジェイクという男の『色』には心の底から戦慄した。

まるで無明の洞窟の最奥のような、純粋で邪悪な黒。全てを塗り潰す暴力的な色彩。あんな禍々《まがまが》しい色はこれまで見た事が……いや――。

――微《かす》かに、ヘレナの頭の奥が疼《うず》く。

それは古い記憶だった。夕暮れを浴びる雲のような温かい色が、おぞましいくらい真っ黒な色に掻き消されてしまう、悲惨な思い出。これは、いつ頃見た光景だっただろうか。フラッシュバックした記憶が意味するものをまだ解せず、ヘレナは思考を現在に戻して何の気無しに顔を上げる。

ここに来た時の夕焼け空は、既に暗黒の夜空にすげ替えられている。視界の片隅では等間隔で設置されたガス灯が光を放っていた。

闇中《あんちゆう》の獣に立ち向かうには、光を灯《とも》す必要がある。そう言えば、あの人も火のような色をしていた。

煌々《こうこう》と燃ゆる真紅を宿した男の顔を思い浮かべながら、ヘレナはデパートの上階を見つめていた。

――ヘレナたちの脱出劇の数分前。

ジェイクと仲間の五人は三階の捜索を終えて最上階への階段を上っていた。二階にいた

際に痩身の男が一人の子供を抱えて階段を上がっていく姿がチラリとジェイクの視界に映った為、やはり上階にいると判断したのだ。

張り詰めた緊張感の中、四階へ踏み込んだ彼らは、真っ先に異変に気付いた。

壁に設置された照明が一つも灯っていない。階全体が真っ暗なのだ。せいぜい外の街灯の光が窓を塞ぐ遮蔽物の隙間から僅かに天井に向けて漏れ出ているだけだ。

不可思議な状況に一度階段を上りきった全員が顔を見合わせたが、ジェイクは階の奥を見据えたまま小声で指示を出す。

「俺は一人で進む。お前らは三手に分かれろ」

他の男たちは無言で二人組が二つと一人に分かれ、三つの方向に散っていく。一人になったジェイクも闇の中を悠々と歩き出した。

各方向から男たちの靴音が聞こえてくる。その音を聞いて、ジェイクは試着室前に放置された男物の靴の存在を思い出した。

あれがデパート内で暗躍する人物の物ならば、どこかで調達した場合を除いて、今その人物は靴を履いていない事になる。そしてここは足下すら朧気《おぼろげ》な暗闇。視覚が意味をなさない中、その人物は靴音の無い状態でここにいる。これは果たして偶然か、或いはここまでの展開を予測した上での知謀か。後者だとすれば、相手は自分が想像した以上の脅威と

認めざるを得ない。

「……全てが思惑通りで予定調和。さながらモナドに窓を作らなかった神か、はたまた全ての原子の位置を知る悪魔か」

そうジェイクが独りごつと、遠くから声が聞こえてきた。

「――ライプニッツとラプラスをご存じなのですね。もしや数学がお好きで？」

声は若い男のものだった。ジェイクは歩調を緩めて答える。

「雑学程度に知っているだけだ。そういうお前は数学マニアか？」

「一応、数学を専門に仕事をしています。それにしても興味深いですよね。内容は酷似しているのに、神、悪魔と正反対の名を冠しているというのは」

「そう不思議でもない。人は好き勝手にその超常的な存在を利用しているだけだ。神の名の下に断罪し、悪魔と呼んで迫害する。結局、人間の浅慮が生んだ妄想だ」

強引な会話の飛躍に、遠くの声が苦笑する。

「辛辣《しんらつ》な意見ですが……なかなか現実的な物の見方をするんですね」

「そう、現実だ。人は所詮、野蛮な動物。その単純な事実を受け入れないから身の安全が疎《おろそ》かになる。あの愚図の人質連中みたいにな」

一瞬、沈黙が流れる。だがすぐに相手の男が言った。

「人質になった方々のように、ですか。確かに貴方《あなた》の仰《おつしや》っている事も分からなくはありません。人の蛮行の歴史を否定する気はありませんし、『自分の身は自分で守る』というのも一つの正論ではあります」

「ほう。てっきり頭でっかちの学者かと思えば、存外柔軟な考え方をしているな」

ジェイクは油断無く銃を構えながら機嫌良さげにグニャリと頬を歪めたが、相手は厳然とした口調で語る。

「ですが、正論は押し付けるものではありません。正しさを振りかざす前に、まずは自分がその正しさにふさわしい人間になるよう努めるべきです」

彼の意見に、ジェイクは嘲るような笑い声を漏らす。

「お利口さんの哲学だな。正しいと思うから他人と共有したがるんだろ？」

「それは共有ではなく、強要です」

「似たようなもんだ。それに俺は自分の正しさに背くような生き方はしていない。常に死を意識して日々を過ごしている。安穏と生活してる怠け者とは違う」

すると今度は向こうから嘲笑の声が漏れた。ジェイクが近付いているのか、恐らくそう遠くない距離だ。

「とてもそうは思いませんがね。貴方は自分より弱い立場の人間に対して居丈高に振る舞

っているだけです。口出しできない相手に持論を展開するのはさぞ気分が良いでしょう」

「…………」

ピキリ、とジェイクの中で亀裂が入る音がした。

——俺が安全圏からものを喋《しゃべ》っているとでも？

チッ……と、まだ姿を見せぬ男の挑発的な言動に舌打ちをする。

どうしてだろうか。あの男の言葉が、声が、語り口が、無性に神経を苛立たせる。まるで人の心の動かし方を熟知しているかのようだ。

ジェイクはフロアの半ばを過ぎた所まで来ていた。他の五人も同じような具合だ。そろそろ誰かが敵と遭遇してもおかしくない。

「うわっ！」

ガシャン、といきなり何かが割れるような音がして、仲間の一人が声を上げる。ジェイクは声がした方に尋ねる。

「どうした？」

「どっからか物を投げてきやがった。しかも臭《くせ》ェ。ワインの匂いだ」

直後、方々からガラスが割れる音が聞こえてきた。どうやら闇雲に物を投げているようだ。ジェイクの傍にも、茶葉が詰められた瓶でも落ちたのだろう、濃い紅茶の香りが漂っ

てきた。

酒や茶葉の匂いが充満する中で、ジェイクはこのフロアの内装を思い出す。ここは食料品や雑貨、日用品の売り場となっている。武器になる物は多いので、今みたいに遠くから物を投げるか、武器を手に接近して襲う。その二つが妥当な戦術だろう。そして十中八九、瓶の投擲《とうてき》は撹乱で本命は致命傷を与えやすい近接攻撃だ。人影すら捉えられない暗闇ならば奇襲の成功率も高くなる。

そう考えているなら――甘い。

チッチッチッ……カッ。

ジェイクの舌打ちの音が変わった。

――分かる。両側の壁沿いに二人一組の男が二組移動しており、一人が商品の間を縫うように歩いている。そして前方壁際に並ぶ商品棚、その後ろに背の高い男と子供が回り込むのをジェイクは察知する。

カッ……カッ……カッ。

ジェイクは前進しつつ舌を鳴らし続ける。彼はこの暗闇で、全ての物と人の位置を把握していた。

すると、前方からまた声が発せられる。

「その舌の音……やはりエコーロケーションですか」

「……知っているのか。俺も名前は初めて聞くが」

男の知識に、ジェイクは感心した様子を見せる。

「盲目の友人がいましてね。以前、同様のやり方を見せて貰った事があります」

杖《つえ》で床を叩《たた》いた音や舌を鳴らした音の反響を聞いて周囲の物の位置や距離を知る技術。これは反響定位《エコーロケーション》と言われ、鯨やコウモリが持つ能力だが、視覚に異常がある人なども訓練で身に付ける事が出来る。

「俺が炭坑に閉じ込められた時に死に物狂いで得た力だ。以来俺は訓練を欠かさず、闇の中のどんな獲物でも逃さない程の感知能力を手にした」

ジェイクが誇らしげに言うと、相手は呆れたように苦笑を漏らす。

「まるで異能力の解説ですね。ですが、それでも物の大まかな輪郭を捉えるのが精々でしょう。その証拠に、私が先刻連れていた子供の正体すら判別出来なかった。あれは店内にあった素材で作った人形で、標的の少女ではないというのに」

「何だと？」

予想外の情報にジェイクが首を捻《ひね》ると、男は朗々と続ける。

「二階にいた時、私たちは貴方の前に姿を現しましたが、貴方はあの人形が少女でない事

に気付けなかった。それで貴方は視力が弱っていると分かりました。となれば、用いる技術も自《おの》ずと推測が可能です。――ちなみに男の子は上に行く振りをして、貴方たちと入れ替わる形で少女と共に一階に逃がしましたよ。店先で銃を乱射するという作戦も今頃二人が阻止しているでしょう」

「……クソ」

ジェイクは無駄足を踏んだ事実に悪態を吐いた。男の言葉が正しければ、標的の少女は既に警察に保護されているだろう。その上、自分の身体的特徴まで看破されていた。やはり恐れていた通り、ここまでの流れは彼の手の平の上の事象に過ぎなかったのだ。

それでもこうして謎の男だけでも最上階に追い詰めたのは事実。数の利や装備を踏まえてもこちらにまだ分がある。警察が来る前に必ず息の根を止める。これは最早ジェイク自身の尊厳の問題だ。

するとジェイクの足下にまた何かが投げつけられ、プンと甘い匂いが沸き立つ。香水の瓶だ。やたらと匂いのする品を投げてくるのはどうしてだ？

「いちいち勿体《もったい》ねえ真似をしやがる。高級品もあるだろうに」

「確かに心苦しいですが、私はたった一人で、多勢に無勢なのです。このくらいの抵抗はお許し下さい」

「ならワインでも開けて最後の晩酌でもしてろ」

軽口を叩く裏で、ジェイクは仲間たちが丁度敵を取り囲める位置へと移動しているのを確認する。カッカッカッ、と舌を鳴らして周辺を探知するが、伏兵も存在しない。相手もこちらの接近を察してはいるだろうが、各々の正確な位置は掴んでいないはず。もう少し近付いたところで他の五人に指示を出し、一斉に襲う。より念を入れるならば……。

——ジェイクはそっと指先で懐に収めてあるダイナマイトに触れた。いざとなれば、相手が隠れている場所をまとめて爆破する腹積もりだ。

絶対に殺す。そう心中で呟いたジェイクは目標まであと一〇歩程度という位置に迫っていた。勝利を確信して銃の撃鉄を起こした瞬間、彼はある疑問に思い至る。

——自分がエコーロケーションを使うと知っていたなら、わざわざ暗闇を作った理由は何だ？

ジェイク以外の敵から身を隠す為とも考えられるが、それもジェイクが逐一指示を出せば解決する問題だ。一体全体、何の目的でこの状況を……。

「そう言えば、一つ貴方に聞いてみたい事があります」

ジェイクが嫌な予感に支配されかけた時、男が問いかけてきた。

「貴方はこの発達した文明社会に生きる人々がお気に召さないようですが……では、人類

が最初に手にした『文明』とは何だと思いますか？」

真意の読めない問いに緊張を覚えながらも、ジェイクは強い信念を持って答えた。

「人類最初の文明……それは敵を殴り殺す為の『棍棒《こんぼう》』だ。その後、人は刃を作り、銃を作った。文明とは暴力の延長線上にあるもの。そんな明快な事実を解さず平凡を生きるのは愚の骨頂だ」

相手はクスクスと妙に楽しげに笑う。

「やはり考えが一貫していますね。ですが非常に意義深い解答だと思います。確かに人類はより遠くを攻撃可能な武器を開発してきました。このままいけば指先一つで異国の他人を攻撃出来るような道具が生み出されるかもしれませんね」

「面白い予測だな。そう言うお前の考えはどうだ？」

ジェイクも合わせて笑ってみせるが、それは自分でもどこかぎこちなく感じた。

「私の答えはまた別です。人類の文明の出発点。それは便利でありながらも、慎重に扱わなければならないもの。人の生活を豊かにしつつも、時に厄災の種と成り得るもの」

彼は、答えを口にした。

「──『火』です」

瞬間、床の辺りが急速に明るくなる。同時に殺人的な熱が足下から這い上がってきた。

炎が、瞬く間にジェイクの全身を包んだ。

「ぐ、う、あああァァァ!?」

予想だにしなかった火の攻撃に、ジェイクのみならず他の仲間からも悲鳴が上がる。

「な、何だよ、これは!?」

「クソッタレ! 服に燃え移っちまった!」

仲間たちもジェイク同様、混乱の只中《ただなか》に突き落とされていた。折角完成しかけていた包囲網も総崩れとなってしまう。

——まさか、最初からこれが狙いだったというのか!?

敵は事前に自分が逃げ込む位置の周辺に油を撒《ま》いておき、ジェイクたちがその付近に踏み込むタイミングを見計らって着火した。暗闇では床の油には気付けないし、さっきから匂いのある物を投げ散らかしていたのは油の匂いを誤魔化す為だ。その上、ジェイクも音を聞き取るのに集中し過ぎてそれ以外の知覚を蔑《ないがし》ろにしてしまっていた。絶体絶命の状況に陥って、ジェイクはようやく相手が張った伏線の全てを理解した。

燃え盛る火の向こうに、一人の男の影が浮かび上がる。ジェイクの目でははっきりとは見えないが、その顔には妖しげな微笑が湛《たた》えられているのが分かる。

「既に私が仕掛けた罠の概要は理解したでしょう。ちなみに使用したのはオイルランプの

油です。店の中で火を使うのは少々気が咎《とが》めましたが、予定通り貴方たちを一網打尽に出来ました」

一網打尽――『一斉同時制圧』。

それは本来ジェイクが想定し、回避したはずだった。しかしこの男はジェイクの対応を更に上回り、こうして鮮やかに作戦を成功に導いた。最早人知を超えた神や悪魔の所業だ。

「も、もうやってらんねえ！　俺は一抜けだ！」

「俺もだ！　こんなの耐えられねえよ！」

ジェイクへの恐怖に突き動かされていた仲間たちも完全に戦意を挫かれたらしく、敵の姿すら拝む事叶《かな》わず、次々に炎熱地獄に背を向けて逃げていく。仲間の裏切りにも気が回らずに灼熱《しゃくねつ》の苦痛にのたうち回るジェイクに、男は言った。

「大変お熱いでしょうが、ご安心を。そろそろ警官隊が突入してくる頃合いでしょうから彼らが火を消し止めてくれるでしょう。ですが――爆発物を携帯していたら危険ですよ」

「！」

その警告に、ジェイクは自らの致命的な迂闊さに気付いた。焦燥の余りこの凶器の存在が頭から離れていた。捨てるにはもう手遅れだし、相手も爆風の届かぬ位置にいるので道連れにも出来ない。不可避の敗北を前に、彼は末期《まつご》の台詞とばかりに叫んだ。

「……死だ！　俺はこの死をもってまた進歩する！」

「ならばするといいでしょう。一条の光も届かぬ地獄の底で」

堂々と佇む男――ウィリアムが冷然と告げた時、ジェイク・ボーヒーズは爆死した。彼は自らの凶器によって、人の形すら失ってこの世から消滅する。

冷血極まる怪物であっても、犯罪の王には触れる事すら許されず断罪された。

隔絶した実力差を見せ付けた、完全勝利だった。


「……ご無事で何よりです」

事件解決直後。デパート前に到着したパターソンが、他の警察官と語らっていたウィリアムに声をかける。

警察官の振る舞いの中に確固たる忠誠を込めて接する彼に、ウィリアムも一礼を返す。

「お疲れ様です。パターソン警部」

礼節は示しつつも、一線を引いた態度。今の二人は主従ではなく、あくまで巻き込まれた被害者とロンドン市警の警部という関係だ。

「災難でしたよ。こんな事件の渦中に立たされるなんて予期していませんでした」

ウィリアムが一息吐いて言うと、パターソンが眼鏡の位置を直しながら聞く。

「天才と名高い貴方にも、予想出来ない事があるのですね」

「買い被り過ぎですよ。誰にでも予定外はあります。予定外の些末事がね」

「…………」

これ程の大事件を『些《さ》末《まつ》事』と言ってのける彼に、パターソンは改めて畏怖の念を覚えた。同時に今件が政府の仕業でなかった事にも密《ひそ》かに安堵する。

「予定外と言えば、もう一つ。小さな友人が出来ました」

ウィリアムは人差し指を立てながら、保護された人質たちに交ざる少女ヘレナを見る。彼女は行動を共にした少年とその母親と会話していた。少年がひたすらヘレナに謝り続け、ヘレナが「気にしないで」と慰めている。――念の為、この現場に〝犯罪卿〟がいたと部外者に悟られぬよう、脱出作戦以降の詳細は子供たちにも伏せてある。

命を狙われた恐怖など微《み》塵《じん》も見せない彼女を、パターソンは冷静な眼差しで見つめる。

「あの歳でなかなか強い精神力ですね。または強いフリをしているだけなのか。……とにかく、彼女が事件解決に一役買ったと聞いてます」

「ええ。ヘレナの力が無ければ警察側も苦戦したでしょう。事件の原因が彼女にあるのも事実ですが」

「そのようですね。今件の背景については我々も捜査を進めていく予定です」

「よろしくお願いします」

ウィリアムはパターソンへ頭を下げる。あの少女と関わった以上、ウィリアム側でも独自にこの事件を調査していくつもりだ。

話が一段落すると、ウィリアムはやや心苦しそうにこう尋ねた。

「ところで……一つお聞きしたいのですが、警部が今一番欲しいものは何ですか？」

元々、彼がデパートに来た理由はそこにある。それにしても直球な聞き方になってしまったが、あれ以降いくら考えても決めきれなかったのだから仕方無い。

ウィリアムの問いかけに、パターソンは少し考え込んでから至極真面目に答えた。

「強いて言えば、休暇ですかね。ここ最近忙しい日々が続いたので、しっかり休みを取って英気を養いたいです」

「……参考になりました」

求めたものとは別の方向性の答えが返ってきて、ウィリアムは内心肩を落とす。対するパターソンは何か問題があったかと首を捻った。

どうやら、英国随一の頭脳を誇る男の懊悩の日々はもう少しだけ続きそうだ。

MORIARTY THE PATRIOT

2
謀略の弾丸

「モリアーティ家持ち込み企画。皆で撃ち合え、仁義なきサバイバルゲーム大会ー！」

盲目の天才技師、フォン・ヘルダーの元気いっぱいな声が天高く響き渡ると、周囲からパラパラとまばらな拍手が起こる。

手を叩《たた》く面子《メンツ》は大半が上流階級の人間で、その中にはモリアーティ兄弟やその使用人らの姿も見受けられる。彼らは皆一様に顔を顰《しか》めたり苦笑したりしていて、困惑しているのは目に見えて明らかだった。

置いてけぼりを食う一同を前にしながら、ヘルダーは嬉々《きき》として語る。

「本日は晴天に恵まれ、これ以上無い銃撃戦日和。風もそう強くなく、適度な気温と湿度で弾道にも然程《さほど》影響は出ないでしょう。これも我々の日頃の行いの賜物《たまもの》ですね」

「あ、あの……」

今回の企画のせいか、いつにも増して上機嫌なヘルダーに一人の男がおずおずと尋ねる。

「その、私共の勉強不足かもしれませんが、『サバイバルゲーム』という競技を存じ上げなくて……銃を使用するのですか？」

ヘルダーは朗々とした口調で答えた。

「これはこれは、誠に申し訳ございません。『サバイバルゲーム』とは参加者が複数のチームに分かれ、模擬弾を使用する銃で撃ち合う遊戯です。相手チームを全滅させるか、相手陣内にある目標物を取ると勝ちとなります」

「は、はあ……」

理解したかどうかは分からないが、淀《よど》みない解説に男は頷《うなず》く他無かった。

さも既存の遊戯のように語られたが、一九世紀英国に現代のような形式のサバイバルゲームは恐らくまだ存在していないだろう。しかし時代の数歩先を行く発明品を創り上げるヘルダーならばこの段階で自ら考案していても不思議ではない。

それでもやはりこの流れはマズいと感じたのだろう。モリアーティ家使用人の一人であるセバスチャン・モランがヘルダーの傍らに立ってそっと耳元で囁《ささや》いた。

「おい。いくら自分の専門分野だからって余り突っ走り過ぎんなよ。ホストもゲストも完全に白けきってるだろうが」

「え？　どうしてですか？　こんなに楽しいイベントなのに？」

信じ難いといったリアクションのヘルダーに、モランはげんなりした顔になる。

「お前だけテンション高過ぎで浮いちまってるんだよ。少し落ち着いて、ちゃんと順を追

って説明してくれ」

「……分かりました。でしたら最後のお楽しみにするつもりでしたが、今回のゲームの為《ため》にと特別に開発した私の銃のお披露目といきましょう」

「いや、そういう事じゃなくてだな……」

ヘルダーとモランがそんなやり取りをする横で、アルバートが皆の前に立って話を引き継いだ。

「いきなり専門的な話で少々場を混乱させてしまいましたが、彼に悪気は無いのでご容赦を。つまり簡潔に申せば、今回お集まり頂いた皆様には従来とは異なる趣向のゲームを楽しんで頂こうと我々は考えており、その内容が今彼が口にした偽の銃で互いを撃ち合うというものなのです」

「なるほど。我々も事前に一風変わったイベントをやるとは聞いていましたが、そういう事なのですね」

モリアーティ家現当主の丁寧な説明に参加者らもようやく納得した様子を見せると、ウィリアムたちも密《ひそ》かに安堵《あんど》する。

――ここは都会の喧噪《けんそう》から遠く離れた自然豊かな田舎の地。その付近一帯を治める貴族の所有する猟場内に広がる森林の前である。

銃で獲物を撃ち落とす『シューティング』は英国の上流階級の間で人気のカントリースポーツの一つで、狩猟シーズンでは恒例の社交行事でもある。

今回モリアーティ兄弟も知人の貴族の誘いで参加を決めたのだが、その際アルバートが例年とは違うゲームをしようと提案して相手方も承諾した結果、その貴族の領地内に大勢で集まって『サバイバルゲーム』を行う事と相成ったのだった。

「ちなみに、これは私の弟の発案によるものです」

アルバートの紹介に合わせて、ウィリアムがすっと兄の横に並ぶ。

「たった今ご紹介に与《あずか》りました、弟のウィリアム・ジェームズ・モリアーティです。本日は私の唐突な案を快く受け入れて下さった皆様に深く感謝すると共に、本来楽しめたはずの狩猟の予定を変更させてしまった事を大変申し訳無く思っております」

ウィリアムが感謝と謝罪の弁と共に折り目正しく頭を下げると、他の客たちは一斉に「いえいえ」と否定する。

「我々も毎度同じゲームでは飽きてしまいますからね。たまには違うゲームも一興というものですよ」

「寛容なお心遣いに、今一度感謝の念を申し上げます」

相手の言葉にウィリアムは敬意を込めた微笑を返す。するとアルバートが一同を見渡し

ながら言った。

「さて、それではゲームの説明を再開したいと思います。もう一度任せられるかな、ヘルダー?」

「喜んで。アルバート様」

ヘルダーは誇らしげに口元を綻ばせると、今度はちゃんと熱量を抑えて改めてルールの詳細を語り出す。

ルールは最初に伝えた通りで、二つのチームに分かれ、相手を全滅させるか相手の陣地内に立てられた旗を奪取すれば勝利となる。武器は一人一丁、拳銃か狙撃銃のどちらかを選び、希望者はゴム製のナイフも装備可能だ。

「当然ですが使用するのは実弾ではなく模擬弾で、大した威力もありませんので当たり所が悪くなければ怪我《けが》をする事も無いでしょう。弾やナイフの刃の部分には特殊な塗料が塗ってあり、当たった箇所には色が付着します。身体《からだ》のどこかに色が着けばアウト。退場です。『ペイント弾』という血糊《ちのり》に似たものもあるのですが、液状で目や口に入る危険性があるので固形で球形のタイプにしました。ちなみに、弾と塗料には放置しておけば自然に還《かえ》る素材を使用していますので、ゲーム終了後もわざわざ拾う必要はございません」

話を聞いていた貴族の一人が腕を組む。

「そこまで手の込んだ品を作ったのには恐れ入りますが……弾が擦《かす》った程度でも失格という事ですか。結構厳しいですね」

「ええ。ですので弾の補充の際にうっかり色が着く事が無いようお気を付け下さい」

「肝に銘じておきます」

男が代表して了承すると、ヘルダーはこほんと一つ咳払《せきばら》いをする。

「それと、これから各人の希望を聞いて銃を配布しますが、全て今回の為に特別な改造を施した特注品ですので、一人一人が責任を持って管理出来るよう各銃の銃把《じゅうは》に数字が書かれた札を紐《ひも》で結び付けております。皆様はしっかりと自分の数字を記憶して、決して紛失する事の無いようお気を付け下さい。ゲーム終了後きちんと確認しますからね」

散々モランに試作品をお釈迦《しやか》にされた苦い経験からか、その点はとりわけ強調して伝えられた。果たしてそれにどれ程の効果があるのかと疑問が残るが、凄《すご》みすら感じさせる語気に全員がこくこくと首肯する。そして最後に付け足すようにヘルダーは言った。

「それと、私は諸事情あってゲームにはプレイヤーではなく審判として参加します。会場を忙《せわ》しなく動き回って多少鬱陶しいと思われるでしょうが、悪《あ》しからず」

諸事情というのは銃の性能を細かに観察したいという研究欲が大半を占めるのだろうが、ウィリアムたちは黙っておく。

ヘルダーの解説に対して特に疑問や反対意見が出なかったので、そこから先は再びアルバートに交代した。

「ルールはご理解して頂けたようですので、早速チーム分けといきましょう。くじ引きが適当と思われますが、もし誰々と一緒がいいという声があるならば受け付けます」

彼の指示と共にルイスが紙を細長く切って作ったくじの入った箱を持ち出してきて、参加者は一人ずつくじを引き始めた。新しい遊戯をする期待感からか、くじの順番を待ちながら隣同士で囁き合ったりして、俄《にわか》に浮き立った空気が満ちてくる。

周囲がざわつき出したタイミングで、人目を忍ぶように細身の男と少女がウィリアムの下に近付いてきた。

ウィリアムは少女に向けてそっと微笑《ほほえ》んだ。

「やあ、久しぶりだね。ヘレナ」

「ご機嫌よう。ウィリアム」

その少女は、先日デパート占拠事件で知り合ったヘレナ・カーティスだった。彼女は淑女らしくスカートの両裾を持ち膝を曲げる。

すると彼女の隣の男がへこへこと頭を下げた。

「ウィリアム・ジェームズ・モリアーティ様。お初にお目にかかります。私は例の事件の

あったデパートを経営しておりました、ケヴィン・カーティスと申します」

「初めまして、ウィリアムです。貴方《あなた》がヘレナさんのお養父《とう》様ですか。一度お目にかかりたいと思っていました」

そう言って二人が握手を交わすと、ケヴィンはまた頭を下げる。

「こちらこそ、ウィリアム様方と知遇を得られて光栄です。それに先日は養女《むすめ》のヘレナを助けて下さりありがとうございます」

「いえ、あの時は私も必死でしたから……そちらも影響は大きかったのではないですか？」

ウィリアムが声を潜めて聞くと、ケヴィンは頭をかいて苦笑した。

「正直に申しますと、そうですね。警備面に関して批判もありましたし、あんな悲惨な出来事の後では客の入りも悪くなると考え、あの店については経営再開を諦めて潔く閉店する事にしました」

「……そうですか。それは残念です」

居たたまれない結果に心痛の意を示すウィリアムだったが、ケヴィンは努めて晴れやかな表情で言う。

「ですが元々あの店もヘレナの父と共に一から作り上げたものでしたし、また別の場所に

新たな店を出す予定なので、どうにかそちらで盛り返していこうと思っています」

「それは素晴らしい。新しいお店の成功を祈っています」

ウィリアムは敬意を込めて言う。事件の影響にもめげない強い精神力と即座に新しいプランを立て行動する実行力は本物だ。ケヴィンは真に優れた経営者なのだろう。

するとヘレナが声を弾ませて言う。

「そうそう、ウィリアム。あれから弟と仲直りしたわ。プレゼントに大喜びしてた」

「良かった。でもここには来てないみたいだね」

「ええ、今も家で遊んでるわ。私と反対でインドア派なの。だから弟の分も私が活躍しなくっちゃ」

「気合い十分だね。お互いベストを尽くそう」

意気込みを語る少女に頷くと、ウィリアムは再びケヴィンに話しかける。

「ケヴィンさんも、今日は存分に楽しんで下さい」

だが途端にケヴィンは縮こまってしまう。

「いいえ。私などぽっと出のしがない商人でございますので、余り出過ぎた真似《まね》はしないよう心掛ける所存です」

「は、はあ……」

謙虚を通り越して卑屈ですらある物言いにウィリアムも反応に窮してしまうが、確かにそういうネガティブな心境になるのも分かる。

チラリとくじを待つ人々を見遣《みや》ると、彼らの半数近くが怪訝《けげん》な視線をケヴィンに向けていた。ヘレナも愚痴っていたが、由緒正しき家柄と血筋を誇りとする貴族階級の中には商業で財を成した中産階級の人間を好ましく思わない者もいるのだろう。そんな理不尽な嫌悪を向けられては肩身が狭くなるのも当然だ。

それにしてもこの物腰の低さはケヴィン生来の人柄によるものだろう。才覚のある商人とのギャップをどこかおかしく感じていると、ヘレナが口を挟む。

「ケヴィンさんてば、さっきから緊張し過ぎなのよ。ウィリアムはとても良い人なんだから、もっと気楽に接すればいいのよ」

その言葉に、ケヴィンが厳格な顔付きに変わった。

「ヘレナ。ウィリアム様がお前を信頼してるのは分かってるが、それでも目上の方への礼節は弁《わきま》えなさい。これは階級云々《うんぬん》ではなく、人としての常識だ」

ケヴィンの叱責に、ヘレナは不満げに口先を尖《とが》らせながらも従う。

「分かったわよ。全く、いつもは気弱なのにこういうとこは真面目なんだから」

養女のヘレナが奔放に振る舞いながらも、ケヴィンがちゃんと親として注意を入れる。

二人ならではの関係性が感じられる会話をウィリアムが温かく見守っていると、モリアーティ家の仲間たちが近付いてきた。どうやら他の人々は全員がくじを引き終え、次は自分たちの番らしい。

ルイスがくじの入った箱をウィリアムに差し出す。

「兄さんの番です。ちなみにアルバート兄様は青を引きました」

くじは細い紙の先端が青と赤の二色に分かれている。見ると、フレッドとジャックが青。モランとボンドが赤のくじを手にしている。

「ジジイと分かれたのは都合が良いな。いつもしごかれてる分の仕返しが出来る」

「たわけ。ワシの方こそお前の根性を叩き直してやる絶好の機会だわ」

そう強気に言い合うモランとジャックを見ながら、ボンドがフレッドに語りかける。

「二人共、手を抜く気は無さそうだね。そう言えばフレッド君て、こういう遊びにも全力を出すタイプなのかな」

「……僕はこういったものに熱中する方ではないと思います。逆にボンドさんは目一杯楽しみそうですね」

「ご名答。こういうのは楽しまなきゃ損だしね」

フレッドの指摘にボンドは悪戯《いたずら》っぽくウインクを返した。

仲間たちの色を確認しながら、ウィリアムもくじを引く。ゲームのパワーバランスを考慮すると抜きん出た戦闘力を有する自分たちは平等に二分されるのが好ましいが、引いた色は青だった。

ウィリアムは悩ましげに先端が青く染まった紙を見つめる。

「青側に僕らの内四人が入るのか。少し戦力に差が付いてしまいそうだけど……そう言えばルイスはまだ引いてないね」

「僕は持ち手を務めているので最後に引こうかと思いまして。本音を言うと、僕も同じチームが望ましいのですが……」

兄二人を交互に見ながらポツリと心情を吐露するルイス。そんな弟の思いを受け止めたウィリアムとアルバートは揃《そろ》って優しげな笑みを返す。

「僕も同じ気持ちだよ、ルイス。まあ、あくまで遊びの範囲だし、そこまで厳密にバランスを気にするものでもないから」

「仮に不具合が生じたとしたらチームの人数を変えるなどして調整すればいい。安心して青を引いてくれ」

「……こっち側が不利になるのは構わないのか、おい？」

「いいじゃないか、モラン君。それはそれで勝負のし甲斐《がい》があるってものでしょ？」

半眼で兄弟の仲睦《むつ》まじいやり取りを眺めるモランを、ボンドがにこやかに抑える。

するとすると彼らの横合いから少女の声が飛んできた。

「わあ、ウィリアムの家族って素敵な人ばっかり。よりどりみどりだわ」

勢揃いしたモリアーティ家の人々を見て、ヘレナがその瞳をキラキラと輝かせていた。

するとボンドが屈《かが》んで彼女に目線を合わせる。

「やあ、君がヘレナさんかい？　とてもユニークな感性を持ってるって聞いたけど」

「そうよ。私は音を見るの。貴方は夜の街を明るく照らす街灯みたいな愉快で洒落《しやれ》た色ね」

「愉快な色か。嬉《うれ》しい評価だね」

朗らかに語らう二人の横で、ケヴィンが慌てふためきながら何度も低頭する。

「どうもすみません。うちのヘレナが、いきなり『よりどりみどり』だなんて品の無い言葉を……」

冷や汗を流す保護者にモランが親しげに笑いかける。

「別に構わねえよ、ケヴィンさん。下手に気ィ遣われる方が喋《しやべ》り辛《づら》いしな。……ところで、嬢ちゃん。俺はどんな色に見えるんだ？　さぞ豪快で猛々《たけだけ》しい色彩なんだろうな」

「……猛々しい色って何？」

モランの表現にフレッドが眉根を寄せると、ジャックがからかうように言う。

「お前の素行を鑑みればどぎついピンク色でも不思議ではないがな」

「それはジジイにだけは言われたくねえぞ！」

若い女好きが年老いた女好きに怒号を飛ばす奇妙な構図だった。そんな彼らのやり取りを楽しげに眺めていたヘレナだったが、突然彼女は両手をポンと叩く。

「そうそう、私もくじを引かなきゃ」

そう言ってヘレナはルイスの持つ箱に手を伸ばす。今回のゲームは大人だけでなく子供も参加可能だ。少し遠くを見れば、他の貴族の子供たちが集まって互いのくじの色を見せ合いながら一喜一憂している。

「あ、そうだ。私もまだ引いてません」

少女に続いて親であるケヴィンもいそいそと手を伸ばす。ヘレナは赤を、ケヴィンは青を引いた。

ヘレナが自分とケヴィンのくじを交互に見てニヒルに口角を吊《つ》り上げる。

「面白い展開ね。親子同士の骨肉の争いだわ」

「へ、ヘレナ？　一体いつそんな物々しい言葉を覚えたんだ？」

少女らしからぬ語彙にケヴィンが冷や汗を流す。ヘレナはそれを流して、最後の番とな

ったルイスへ期待に満ちた表情を差し向ける。

「ルイスさんがどちらに行くかも楽しみね。もし彼が赤を引けば兄弟で戦う羽目になるわ。尊敬する兄に敵対する宿命。それに胸を痛めながら対峙《たいじ》する兄たち。互いに葛藤を抱えながらやがて銃口を向け合う時が来る。これを悲劇と呼ばずして何と呼ぶのかしら。……ああ、とてもわくわくしてきたわ！」

芝居がかった身振り手振りで語る少女に対し、ルイスはやや不服そうに目を細める。

「盛り上がりに水を差すようですが、それは有り得ませんよ。僕たち兄弟は一心同体なのですから」

妙な確信をもって語るルイスに、モランが楽しげに言った。

「どんな勝算があるのか分からねえが、気合いは十分だな。そんなに自信があるなら引いてみろよ」

「引くまでもないですよ。たとえ神ですら僕たちの絆《きずな》は引き裂けません」

ルイスはやはり強気な態度のまま、勢いよく最後のくじを引いた。

赤だった。


「いやはや……たかが戦争ごっこと侮ってましたが、思いの外緊張しますね」

各々が配置に着き、ゲームが開始されてからおよそ五分後。支給された銃の照準をあちこちへ向けながら、ケヴィンが隣を行くアルバートに囁きかける。落ち着きが無い彼とは対照的に、アルバートは軍人らしい余裕のある動作で歩を進めている。

「確かに普段では味わえない緊張感ですね。もしかしたらすぐそこに敵が来てるかもしれませんよ」

「ええ!?　本当ですか?」

アルバートの言葉に過剰反応して辺りを見回すケヴィン。その慌てぶりにはついアルバートも苦笑してしまう。

「周囲に気を配るのは大切ですが、そう強張《こわば》っていては戦闘時に動きが鈍くなってしまいますよ。もう少し気楽にやりましょう」

「そ、そうか。そうですね……」

助言を受けたケヴィンはこくこくと首肯した。傍らのアルバートは隙の無い所作を保ちつつ、微風に揺れる木々の葉を見つめた。

サバイバルゲームの舞台は森の全域に渡る。とは言っても広大という程の面積ではないので遭難の危険は無い。森の中には猟場の管理を担うゲームキーパーが日頃使用する小屋もあり、そこの利用許可も出ているのでやろうと思えば屋内戦も繰り広げられる。

参加者には念の為全員にゴーグルに似た形状の眼鏡と防弾チョッキの着用を義務付けていて、使用する銃は拳銃型と狙撃銃型の二種類。退場者は罰ゲームと暇潰しをかねて離れた場所にある鳥の育成場でキジの雛《ひな》への餌やりが科される。

ちなみに銃を破損した場合も厳罰を科したいとヘルダーが主張しかけたが、余計な緊張が生まれるのを見越して直前にモランたちが口を塞ぐ事で阻止した。

説明されたルールを思い出しながら、ケヴィンは自分の手にする拳銃を見つめた。

「それにしてもこの銃は精巧に作られていますね。模擬弾というから玩具《おもちゃ》みたいなのを想像していましたが、これでは本物と見分けが付きませんよ」

「身内自慢になってしまいますが、ヘルダーの技術は卓越していますからね。今回の品も細部にまで拘《こだわ》った力作だそうです」

その話を聞いてケヴィンは銃に紐で結び付けられた札を見た。彼の数字は『8』だった。

「なるほど。だから紛失防止の為の措置がこれなんですかね。それだけ大切な物なら直接銃に番号を刻んだりするのは避けたいでしょうし」

「そうかもしれませんね。皆様には少し不便を強いてしまいますが」

アルバートが申し訳無さそうに言うと、ケヴィンは「いえいえ」と手を振る。

「寧《むし》ろ情熱の表れですから素直に尊敬します。私も職種は違いますが、プロとして学ぶべ

き点が多いです」

「ありがとうございます。それを聞けばヘルダーもきっと喜ぶでしょう」

仲間を褒められ、アルバートは心から嬉しそうに礼を告げる。だがそこでふと、ケヴィンの表情に少しだけ影が差した。

「ですが、やはりヘレナは来させるべきではなかったかもしれません。どうしても行くと言い張るから連れてきたのですが、ここまでリアルな銃だと、その……あの件を思い出してしまうんじゃないかと」

ケヴィンの言わんとする事に、アルバートも心痛を露《あら》わにした。

「その点は大変申し訳無く思っております。彼女があんな目に遭ったというのに、この行事はやや不適切だったかもしれません」

自分の発言が思いの外深刻に受け止められ、ケヴィンは慌てて弁明を図る。

「い、いや、別にアルバート様たちを非難した訳ではありません。ヘレナも特に気にせず楽しんでいるようでしたし」

「いいえ。それでも謝罪はさせて下さい。もしかしたら養女さんも気丈に振る舞っていただけかもしれないのですから」

尚《なお》もアルバートが謝辞を述べると、流石《さすが》のケヴィンも不思議そうに首を傾《かし》げた。

「……なら、どうしてこのゲームをしようとお考えになったのですか？」

彼の問いに、アルバートは独りごつように言った。

「――それが我々の『計画』だからです」

「え？」

告げられた言葉の意味が分からず、ケヴィンは思わず聞き返してしまう。しかしアルバートはそれ以上の答えは口にしなかった。

意図せず会話が途切れてしまい、ケヴィンが別の話題を探していたその時、アルバートが近くの茂みに鋭い視線を向ける。

「そこに誰かがいます」

「へ？　本当ですか？」

言われてケヴィンはポカンとした顔で茂みを見る。するとガサガサと草木を掻《か》き分けて一人の老貴族が現れた。

その姿を見て、アルバートが構えていた銃を下げて温和な笑みを浮かべる。

「……アンディさんでしたか。敵かと思いましたよ」

「やあ、アルバート君。二人がいつ気付くかと悪戯半分に隠れ潜んでみたが、あっさりと見つかってしまった。やはり若いだけあって、非常に鋭い洞察力だな」

アンディと呼ばれた老人は短く切り揃えた白髪を撫《な》でながら快活に笑う。彼もアルバートらと同じチームだ。

老貴族は名をアンディ・クルーガーと言い、この地域を領地として治める貴族でゲームの会場である猟場の所有者だ。今回のゲームは、アルバートが彼に企画を持ち込んだ事で実現したものだ。

重要な社交行事にこのような実験的な催しをするのは普通なら躊躇《ちゆうちよ》するところだが、アンディは二つ返事で快諾し、ゲームの細かな部分に関しても積極的に意見を出した。こういったおおらかな人柄から他の貴族たちからの信頼も篤《あつ》い。

彼の登場に、何故《なぜ》かケヴィンもほっと胸を撫で下ろす。

「驚かせないで下さい。アルバート様と違って私は気が気でなかったですよ」

「それはすまなかった、ケヴィン君。しかし君は君で臆病過ぎるのではないかね？　もう少し度胸というものを持ちたまえ」

「精進します」

二人の親しげな様子にアルバートが問いを投げかけた。

「お二人も知り合いで？」

ケヴィンは「はい」と言って肯定した。

「私やヘレナの父の名がロンドンで知られるようになった頃に知り合ったんです。あの頃から貴族の方には良く思われていなかったのですが、アンディ様だけは分け隔て無く接して下さりました」

そう説明しながら感謝の眼差《まなざ》しを向けるケヴィンの肩を、アンディが豪快に叩く。

「どうも貴族連中というのは新しい気風を嫌う傾向にあるからな。ワシはそんな下らん風習など興味無い。先程の集まりでも君を遠巻きに見ながら無礼な発言をしていたものだから叱り飛ばしてやったわ。その所為《せい》で久方ぶりに会うというのに挨拶にも行けずじまいでな。いや、すまなかった」

謝意を表するアンディに対し、ケヴィンはわたわたと両手を振る。

「いいえ、そんな、アンディ様が謝る必要はありません。寧ろ私みたいな塵芥《ちりあくた》の為にそこまでして下さって感謝しています」

「なんだ、相も変わらず弱気だな。一流ならもっと堂々としないか」

下手《したて》に出るケヴィンをアンディが一喝する。するとこれまで明るかった老貴族は僅かに表情を曇らせた。

「しかし、君の友人だった『彼』の件は今でも残念に思っているよ。娘のヘレナ君が元気そうなのだけが救いだが……今でも手掛かり一つ無いのか？」

それに合わせて、ケヴィンの声も重々しくなる。

「……はい。ヘレナは生きてると信じていますが、私個人の考えでは、彼はもう……」

「確か彼は突然失踪したんでしたね？」

突然アルバートが会話に割って入った。二人が驚いていると、アルバートはどこか訳知り顔で続ける。

「デパートの事件後に気になって調べてみたのですが、色々と謎の多い事件らしいですね。ケヴィンさんと共同で店の経営に成功していたヘレナのお父さんは、ある日何の前触れも無く行方を晦《くら》ませた。失踪したと思われる日の夜、彼の屋敷で食事をした時は特にいつもと変わらない様子だったと友人の一人が証言しています」

「そしてそれが最後の目撃情報でもありました。まさかあれが彼との最後の会話になるなんて……」

証言した『友人の一人』であるケヴィンがか細い声で付け加えると、彼は自嘲するように口の端を曲げる。

「当然、彼の失踪には私が関わっているんじゃないかと警察に疑われました。共同経営者である彼が消えれば店の収益を独占出来る、とわざわざ動機までこじつけられて」

身に覚えの無い容疑をかけられた当時の苦境を思い出したのか、ケヴィンは肩を落とす。

それを見たアンディがおどけた口調で言った。

「まあまあ、もしかしたらいつかひょっこり帰ってくるかもしれんじゃないか。ワシから振った話であれだが、我々に為《な》す術《すべ》が無い以上、必要以上に頭を悩ませるのは毒だぞ」

「……そうですね。それに今は皆でゲームを楽しむ時間ですし、私だけが深刻そうにしてたら台無しです」

「その通りその通り。さ、ゲームに集中だ」

背中をバンバン叩きながらケヴィンを促すアンディ。そんなやり取りを冷静な眼差しで見ていたアルバートも柔和な笑みを浮かべる。

「ですね。まずは勝負に集中しましょう。ところで、私もそろそろ血が騒いできたといいますか……もっと敵地の奥まで踏み込みたいと思っているんですが、どうです?」

彼の誘いに、ケヴィンは高速で首を横に振る。

「いやいやいや! ぶっちゃけ私はスタート地点にいた時から心臓が爆発しそうなんです! これ以上は心肺停止してしまいます!」

しかし老貴族の方は天を仰いで大笑している。

「若者は血気盛んで羨ましいな。ケヴィン君も見習いたまえ」

「いや……ここから先となると、どうにも足の震えが止まらなくて」

そう弱々しく呟《つぶや》くケヴィンの両脚は、可哀想《かわいそう》なくらいに震えていた。最早《もはや》立っているのが不思議なくらいの揺れ具合だ。

アンディは呆《あき》れたように息を吐く。

「仕方無い。すまんな、アルバート君。彼は行けんらしい。代わりにワシがと言いたいところだが……どうにもさっきから足腰に痛みを感じてな。意気軒昂《けんこう》でも、寄る年波には勝てんわい」

老貴族が弱々しげに苦笑すると、アルバートは力強く頷いた。

「分かりました。では、私たちはここで分かれましょう。ご武運を祈ります」

「お、お元気で……」

別れを告げて颯爽《さつそう》と森の奥へと走り去るアルバートの勇猛な背中を見ながら、ケヴィンは再度自分の不甲斐なさを恥じた。


「――友情って難しいわ。ウィリアムもそう思わない？」

ヘレナはどこか達観した口調でウィリアムに語りかけた。彼女はゲーム開始時からウィリアムと行動を共にしていて、今は木陰に隠れて戦況を見守っている状態である。

ウィリアムは周囲を警戒しつつ、平時と変わらぬ調子で尋ねた。

「どうしてそう思うんだい？」

「さっき森の前ではしゃいでた子たちがいたでしょ？　実はあの中に私の友達だった子たちもいたの。前は仲良し五人組だったんだけど、いつの間にか私が外されて仲良し四人組になったわ」

　外された理由は説明されずともウィリアムは理解している。そして彼がその事情を把握している事を承知した上でヘレナは語る。

「ウィリアムは前に私の感覚は個性だって言ってくれたけど、やっぱりいくら説明しても伝わらない時もあるのよ。というより、ああいう子たちは自分たちとちょっとでも違う部分があれば平気で他人を除《の》け者にするの。私の個性なんて本当は大した問題じゃないんだわ」

「能力。人柄。出身。身体的特徴。……人はどんな小さな違いでも迫害の根拠にする。これは一つの真理だ」

　あえてウィリアムは彼女個人の問題から離れた表現を用いた。こういった問題は社会では普遍的な事柄だ。ヘレナの人間関係に関しても、相談を聞いて一時的に仲を修復させる事は可能かもしれないが、今後も似た状況が起きないとも限らない。なのでウィリアムとしては、まだ現段階では必要以上に口出しすべきでないと判断した。

ヘレナは、やはりそんな彼の心境を察しつつ続けた。

「でね、さっき観察してて分かったんだけど、今はあの子たち仲良し三人組になりかけてたの。明らかに一人だけ会話に交ざれない子がいたわ。こういった場合、どうするのが正解なのかしら?」

ヘレナはまるで生徒が先生に素朴な疑問を投げかけるような声音で問いかける。これは彼女が冷淡なのではなく、意図的に平静を装っているからだとウィリアムは察知する。自分を仲間外れにした子供たちの問題に介入すべきか迷っているのだろう。

複雑な立場にいるヘレナに対し、ウィリアムは故意に突き放した意見を返した。

「きっと、こういう問題に明確な答えは存在しない。他人が状況を改善しようとした結果、より悪化する恐れもあるからね。人間関係というのはそれだけ繊細で複雑なものなんだ」

「……やっぱり、そうなのかしら」

彼女自身その回答を予期していたのか、ヘレナは異論を口にせず悄然《しょうぜん》と目線を落とした。

その仕草にも彼女の良心が如実に表れていたが、善意だけで全ての物事が解決出来る程、世間は単純ではない。

その事を彼女が噛《か》み締めたのを確認してから、ウィリアムはそっと優しい声で伝えた。

「ただ、君の思いを封じろと言ってる訳じゃないよ。きちんと起こり得る事態を予想して、

自他の利害や損得を考慮して、それでも尚自分の意志を貫く覚悟があるのなら、それは勇気と呼んでいい」

少女はポカンと口を開ける。

「……勇気？」

「そう、勇気だ。もしヘレナがその問題に関わる覚悟を決めたなら、いつでも相談して。それは僕の副業でもあるからね」

そう言って彼が私立相談役《コンサルタント》としての頼もしげな笑顔を見せると、ヘレナの顔がパッと輝いた。

「そうね。その時はまたちゃんとお話しさせて貰《もら》うわ」

信頼出来る友人に巡り会えた事に内心感謝しつつ、ヘレナは前を向く。

「さ、少し気が逸《そ》れちゃったけど、今は勝負の真っ最中よ。やるからには絶対勝つわ」

彼女が気持ちを切り替え闘志を滾《たぎ》らせたその時、ウィリアムはピクリと反応する。

「危ない、ヘレナ」

「ん？」

少女が応じるより先に、機敏な動きでウィリアムがヘレナの身を隠すように身体全体で覆い被《かぶ》さる。

「え、え、何？　どうしたの？」

まだ理解が追い付いていないヘレナだったが、ウィリアムはゆっくりと立ち上がると、どこか寂しげな笑顔になる。

「参ったな。僕はここまでみたいだ」

そう呟いた彼の腰の辺りに、明るい色の塗料が付着していた。足下には小さく丸い模擬弾が転がっている。

唐突な出来事に、ヘレナが呆然《ぼうぜん》としながら聞く。

「……もしかして、私を庇《かば》って弾に当たってくれたの？」

「うん。付近に敵の気配は無いから狙撃だろう。この腕前はモランかな？」

ウィリアムは冷静に狙撃手の正体を推し量りつつ、遠くの高台に建つゲームキーパー用の小屋を眺める。

「嘘《うそ》。ウィリアムはここでいなくなっちゃうの？　私、どうすればいいの？」

途端に寂しさが押し寄せてきたのか、不安げに声を震わせるヘレナ。そんな彼女に、ウィリアムは悲しげな微笑を向ける。

「ごめん。でもそこまで慌てる事は無いよ。単独で敵陣に突っ込むなり、味方と合流するなり、君のしたいように動けばいい」

「で、でも……」

ヘレナはやはり動揺を隠せないでいる。血は繋《つな》がっていなくともこういったところは親子そっくりだな、とウィリアムは少しおかしく感じながらも、彼女に言う。

「リタイアした僕がこれ以上助言するのはちょっと不公平な気もするしね。早めに退場するよ。それじゃあ頑張ってね、ヘレナ」

「あ……う、うん」

特に未練も悔しさも見せずにその場を後にしようとするウィリアムに、ヘレナは力無く手を振る。

そこでウィリアムは背中越しに言った。

「――ただ、君のもう一つの『相談』は忘れてないからね」

彼の言葉に、咄嗟《とっさ》にヘレナは気を引き締める。

「うん。私もちゃんと分かってる」

少女の決然とした答えを受け止めると、ウィリアムはまるで散歩するような足取りで姿を消した。

頼れる友人が消えた後も、ヘレナはその姿が消え去った方向を見つめ続けていた。

アルバートは気配を殺しながらも無駄の無い足運びで敵陣内を進んでいた。

物音一つ立てず戦場を移動する最中、相手を三人倒したが、まだ戦闘らしい戦闘には巻き込まれていない。向こうにもルイスたちがいるので、綿密に動きを決めて戦略的に動いているだろう。下手に全面衝突はせず、静かに状況を動かしているのだろうか。この場合、相手の旗と全滅、どちらを狙うべきか……。

経過した時間から相手と味方の残存数を大まかに計算しつつ戦略を練っていると、ふいに背後から自分を追う気配を感じる。

アルバートは茂みに身を隠してから背後を振り向いた。そこにいたのは……。

「……先生でしたか」

アルバートはジャック・レンフィールドに微笑みかける。

「ガハハ、アルバート。暫《しばら》く後ろから観察していたが、隙の無い良い動きだったぞ。流石自慢の弟子だ」

ジャックはゴム製のナイフを手の中で弄びながら笑う。

「それでも直前まで気付きませんでした。私もまだまだですね」

「いいや、仮にワシが倒す気で迫っていたらきっと察知していただろう。謙遜せんでいい」

ジャックはガッハッハ、と笑いながらアルバートの肩に手を置く。

「しかし、どうにも敵との遭遇が少ない気がするな。奴《やつ》らは何を考えているんだ？」

「同感です。まさか勝負を投げた訳でもないでしょう」

「だな。お前を敬愛するルイスならともかく、相手にはモランとボンドがいる。みすみす敗北を許すような性格ではないから──」

そこでジャックは会話を中断し、瞬間的に横へ飛んだ。ほぼ同じタイミングでアルバートも身を屈めると、地面からカッと乾いた音が鳴る。見ると、そこに一発の模擬弾が転がっていた。

付近に人気《ひとけ》が無いのを確認して、アルバートは呟いた。

「……狙撃ですね」

それにジャックが無言で首肯すると、二人はある一点を注視する。彼らの視線の先には森全体を眺めるように佇《たたず》む木造の小屋がある。

「あの小屋からのようです」

「あそこは敵陣内だからな。いずれ誰かが利用すると思ってたわ」

アルバートの見解にジャックが同意する。

戦場を俯瞰《ふかん》する位置に建つ建物は非常に便利な代物だ。だが有用性が明らかであるから

こそ、潜んでいる事が読まれやすいという欠点もある。メリットとデメリットが表裏一体となるあの小屋から、今二人は攻撃されたのだ。

「確か、狙撃銃を希望した人数はそう多くなかったはずです。素人が使うには少し難易度が高いですから」

「となると、必然的に人物は絞られてくるな」

まだ断定はしないものの、今し方の狙撃の技量も踏まえ、両者は直感的に狙撃手の正体に思い当たる。

「――モランですかね」

「――モランだな」

見事に弟子と師匠で意見が合致した。日常的に因縁がある二人を狙えるのだから、相手からすれば鴨《かも》がネギを背負《しょ》ってきたようなものだろう。遥《はる》か遠くに窺《うかが》える小屋の窓から彼の爛々《らんらん》とした眼光が見えるようで、二人は半ば呆れたように、半ば楽しげに笑い合う。

「恐らく彼一人で守備を担って、他の人員は一斉にこちらの旗を狙うという作戦なのかもしれません。だからこちらに踏み入ってから敵との遭遇が少なかった」

「なるほど。あちらはこちらの陣内を主要な戦場に設定した訳か。だが、そうなるとあいつが守る場所の近くに旗があると考えられるな」

ジャックが勝利条件の旗があるであろう位置に予測を付けたところで、もう一発、彼らの頭上を銃弾が通り過ぎた。通過した箇所は丁度二人の真ん中辺り。モランの技術を考えれば、明らかに当てる気の無い一発だ。

ジャックは大儀そうに肩を回す。

「狙撃地点から移動もしない上に、今の一発……狙いは明白だな」

「ええ。『かかって来い』という挑発でしょう」

そう言ってアルバートが微笑すると、ジャックは豪快に笑った。

「ガッハッハッハ！　生意気な真似を！」

敵陣の只中《ただなか》で周囲を憚《はばか》らず声を張り上げると、老執事の双眸《そうぼう》に獰猛《どうもう》な光が灯《とも》る。

「上等だ。ワシらに喧嘩《けんか》を売った事を後悔させてやろう」

「はい。相手にとって不足はありません」

両者は小屋に向けて笑みを浮かべたまま、最優先目標に向けて全速力で駆け出した。

アルバートとジャックの読み通り、青チームの陣内は苛烈な戦場と化していた。

草木を掻き分け前進してくる相手チームの軍勢に、青チームの後方に待機していた人員が弾幕を張って懸命に守備に徹している。たかがお遊びとはいえ、その一帯は本物の戦場

もかくやと言わんばかりの熱気を帯びている。

「おいおい、救援はまだか」

「チームが森全体に散らばってて連絡が上手《うま》く付かないんだ。今は俺たちだけで乗り切るしかない」

「仕方無いか。だが相手も確実に数を減らしてるはずだ。今は頑張って耐え抜こう」

旗の近くで激励を飛ばし合う貴族たち。その傍《そば》には子供たちが一塊となってやたらめったら銃を乱射している。

「あはは、面白ーい」

「あ！　私、今一人やっつけた！」

「こっち攻め込まれてるよ。誰か来て」

拳銃を構えて笑う子供たちというのもぞっとしない絵面で当初は大人たちも問題視していたが、自分たちも昔戦争ごっこと言って遊んだ記憶を思い出し、そう深刻には捉えないようにしている。

そんな中、子供の集団から離れた場所で一人静かに座り込んでいる少女がいた。

「…………」

その孤立した様子は仲間外れ以外の何物でもなかったが、違和感を指摘すべき大人はゲ

ームに熱中していて不幸にも少女の存在にすら気付いていない。

「……つまんないなァ」

ポツリと少女が心情を吐き出すが、その呟きも呆気《あっけ》なく銃声や喚《わめ》き声の騒音に掻き消されてしまう。

いっそ自分から当たりに行こうかと少女が考え、立ち上がろうとしたその瞬間、小さな手が彼女の肩を摑《つか》んで押し留《とど》めた。

少女が驚いて後ろを見ると、そこには見慣れた顔があった。

「何やってんの。こっちは今一人でも多く戦力が欲しいのよ。もしかして自分から脱落しようなんて気じゃないでしょうね？」

ヘレナ・カーティスは叱責めいた刺々《とげとげ》しい語気で言うと、彼女の横に座って銃弾の装塡《そうてん》を始める。

彼女の怒ったような横顔を見ながら、少女は今にも泣き出しそうに顔を歪《ゆが》める。

「……どうして？　私、あんたの事裏切ったのに」

しかしヘレナの方は呆れたような反応を示す。

「何を寝惚《ねぼ》けた事を言ってるの？　私は勝負に勝ちたいからそうしてるだけ。変な意味に捉えないで」

心底不愉快そうに口をへの字に曲げる彼女の言葉に、少女も感激を引っ込めて少し身を引いた。

「う、うん。ごめん。……そうだね。勝負だもんね」

反省を述べながら少し残念そうに俯《うつむ》く少女だったが、ヘレナは弾込めを終えてムスッと不機嫌面を維持したまま言い足す。

「……だから、貴方が私を外した事については今は忘れてあげる」

「！」

捻《ひね》くれてはいるが、それでもその言葉には確かな気持ちが込もっていた。少女はヘレナが頬を朱に染めているのを見て、かすかに目元を潤ませる。

だがここで泣きながら許しを請うのは違うと考えたのだろう。彼女は口を引き結ぶと、キッと前を見据えた。

「……そうね。今は余計なしがらみは忘れて手を組みましょう」

「ええ。必ず勝つわ。もし負けたら何か奢《おご》って貰うから」

ヘレナと元友人。共同戦線を張った二人は隣り合いながら、かつてと同じように笑う。

――勇気を出して良かった。

ヘレナは心の中でそう思った。

少女たちが美しき友情を結び直す予兆を見せた場所から再び旗の付近に視点を戻すと、そこではやはり激しい戦闘が続いていた。

つい先程は数的不利を強いられていた青チームだったが、連絡を受けた味方が戻ってきて今は五分五分……否、若干相手を押し戻すまでの勢いを手にしていた。

「よし、完全にこっちが押してるぞ」

「この戦況を乗り切れば後は残り僅かだろう。もう少しだけ踏ん張れ」

勝機を見出《みいだ》して笑みすら見せる余裕が出来た貴族たちだったが、茂みから相手の様子を確認していると、向こうの木陰から謎の物体が彼らに向けて投げつけられる。

「何だ？」

貴族の一人が飛来した物体に注目する。それはパンパンに膨らんだ革製の袋だった。袋は口がちゃんと閉められていないらしく、青チームの人々が固まる上空でその中身をぶちまけた。

袋の口から出て来たのは、大量の模擬弾だった。

「え、えええェェェ!?」

男たちが驚いて絶叫する中、模擬弾の雨は容赦無く下にいる者へと降り注ぐ。当然、あ

っという間にそこにいた人々の大半が塗料に塗《まみ》れてしまう。

服に着いた塗料を指で触りながら、貴族の一人が半ば惚《ほう》けたように言う。

「こんなの、アリか？」

その疑問は他の仲間も抱いたようで、塗料を着けられた人々は戸惑いを隠せぬ様子でその場に立ち尽くす。そしてそんな彼らを、一人の人物が遠くの木陰で見つめていた。

「ごめんね。でも、これも立派な戦術さ」

——ジェームズ・ボンドはそう呟いて、クスリと微笑する。

勿論《もちろん》、模擬弾入りの袋で青チーム側に大打撃を与えたのはボンドだ。彼は撃ち合いから遠く離れた箇所で一人静かに準備を整え、この離れ技を決行する機会を窺っていたのだ。

銃で撃つべき弾をこのように使用するのは物議を醸しかねないが、ヘルダーは『塗料が付着したらアウト』と説明はしたものの、『銃で撃たれた弾が当たればアウト』とは口にしていない。つまりルールに則《のっと》ればこの大量の模擬弾を浴びせる作戦は有効と考えられる。

すると、初めは訝《いぶか》しげにしていた貴族たちも互いに顔を見合わせて笑い出した。

「面白い攻撃だったけど……どうする？　一応審判を呼んで判断を仰ぐか？」

「いいや、完全にしてやられた俺たちの負けだ。潔く退場しよう」

彼らは不満げにするどころか、その発想の斬新さに清々《すがすが》しさすら覚えたようで悔しそう

にしつつも素直に戦場を去っていく。

　ボンドの常識外れの一撃には味方の赤チームの人間も度肝を抜かれたようで、彼らは何故相手が退場していくのかすら分からない様子で顔を見合わせている。

　その困惑も楽しげに眺めながら、ボンドは旗があるであろう地点に向けて移動を始める。誰が取らなければならないという決まりは無いが、あわよくば自分が決着を付けたいものだ。青チームが激減した今、残り数名を倒せば容易に旗を手に出来るはず。

　そうしてボンドが勝ちへの道筋を見出した瞬間、味方がいる方から聞き慣れた声が発せられる。

「おーい、みんな。僕が旗を手に入れたよ。これでゲーム終了だ」

　絶対に有り得ない事象に、ボンドは総毛立った。

　今、勝利宣言したのは——自分の声だ。

「え、もう旗ゲットしたのか？」

「思ったより呆気ないな」

　当然、味方の貴族たちもゲームは終わったものとして警戒を解いてしまう。ボンドは咄嗟に味方に向けて叫んだ。

「違う！　それは僕じゃない！」

だが忠告は一瞬だけ遅かった。ボンドの声が届く前に、味方がいる方角から複数の銃声が聞こえた。

「……やられた」

ボンドは唇を噛んで味方の下へと向かう。するとそこには服に塗料を着けた男たちが惚けたように立っていた。ものの見事に罠《わな》に嵌《は》められてしまったらしい。

やられた数は先刻ボンドが倒した数とほぼ同じ。再び戦況を五分に戻されてボンドが肩を落とすと、背後の茂みから葉擦れの音がした。

危険を察知したボンドは素早い身のこなしで近くの茂みに飛び込んだ。その間際、あの幼顔の仲間の姿を視界の端に捉える。

ボンドは銃を構えながら笑う。

「あんまり熱中しないとか言ってた癖に、随分とえげつないやり口を使ってくるんだね。――フレッド君」

「ウィリアムさんのいるチームを敗北させる訳にはいかないので」

フレッド・ポーロックは抑揚の無い声音で返答する。

今のボンドの声は、フレッドの声真似によるものだ。彼は旗を奪取したと相手に誤認させ、彼らが油断した隙を衝《つ》いて大量撃破を成し遂げたのだった。

「へえ、やっぱりフレッド君も勝つ気満々だったたって訳か。そう言えば、君って感情を表に出さない割には結構熱いとこがあるからね」

ボンドが故意に煽《あお》り立てるような言葉をぶつけると、茂みの向こうからフレッドの反論が返ってくる。

「それはどうでしょうか。余り熱くなっては『仕事』に支障を来《きた》します。終始冷静でいるのが鉄則だと思います」

「必ずしもそうではないと思うよ。大事な『仕事』にこそ誰にも負けない情熱が必要だ」

「ならば、どちらが正しいか証明してみますか」

フレッドにしては珍しい挑発的な発言にはどこか楽しげな響きがあった。対するボンドもクスリと笑い声を零《こぼ》した。

「やっぱり君は熱い男だよ」

嬉々として発せられたその一言を切っ掛けに、ボンドは茂みから身を乗り出して銃を構える。フレッドも同じ魂胆だったらしく、二人は同時に銃を突き付け合う形になる。だが躊躇する暇は無い。ボンドとフレッドは引き金を引きつつ回避行動を取る。それぞれの撃った銃弾が彼らのいた場所を通り過ぎて、再び両者同時に木陰に身を隠した。

ほんの一瞬の間に交わされたスリリングな攻防の後、ボンドは子供のような無邪気さで

言う。

「あー、残念。弾が当たっちゃったよ。ほら、この色が着いた部分見てよ」

「騙《だま》されませんよ。ボンドさんはきちんと避けきっていました」

フレッドはあっさりボンドの嘘を看破する。そんな腹の探り合いすら楽しむようにボンドは次の動作に向けて地面を踏み込もうとした。

が、その動きに合わせるようにフレッドが声を大きくして言った。

「ウィリアムさん。今なら僕たちで挟み撃ちに出来ます」

「……何だって？」

衝撃の発言に、ボンドは半信半疑で周囲を見回す。するとフレッドの言葉通り、ボンドの後方にウィリアムが立っていた。

「やあ、ボンド。調子はどう？」

「ウィ、ウィル君!?」

気さくに声をかけてきたウィリアムに対し、ボンドは一瞬パニック状態に陥る。ウィリアムの動向には気を配っていたつもりだが、フレッドに意識を集中させたこのタイミングで現れたのは状況としては最悪だ。まだ味方も僅かに残っていたはずだが、まさか彼によって音も無く全滅させられたのだろうか。

とにかく最大の難敵に背後を取られたのは事実。ボンドは気持ちを切り替え、瞬時にウィリアムへ照準を定める。

だが対するウィリアムは身構えるどころか、困ったように肩を竦《すく》めるだけだった。

「ごめんね、ボンド。僕は既にリタイアしてるんだ」

「え？」

これまたボンドにとっては意外な発言だった。彼は思考を上手く纏《まと》められずウィリアムに銃口を向けたまま動きを止める。すると立ち尽くすボンドの背中に、コンと何かが当たる感触がした。

「…………」

ぎこちない笑みを貼り付けながらボンドは首だけで後ろを振り向いた。そこには銃を構えたフレッドがいた。心なしか、その顔には微《かす》かに勝利の笑みが浮かんでいるようだ。

背中を確認するまでもなく、ボンドは自身の被弾を認識する。そして彼は盛大な溜息《ためいき》と共にその場にしゃがみ込んだ。

「あ〜、やられた。そんな手があったか……」

ここでようやくボンドはウィリアムとフレッドが取った策を理解した。悔しそうに頭を掻く彼に、ウィリアムが微笑み混じりに語りかける。

「退場時に遠回りしてはいけないというルールは無いからね」

相手の作戦を予測していたウィリアムは、自分の退場を利用してわざとボンドたちのいる前線を通過して自分がまだ健在だと錯覚させたのだ。勿論、出会った人々にはちゃんとリタイアを報告しているので、弾を余分に消費させるような事まではさせていない。

それでもウィリアムの実力を知る者にとって彼の存在感は絶大で、現にボンドは彼の目論見《もくろみ》通りフレッドに背を見せてしまった。

「まさかウィル君も僕と同じようにルールの穴を衝いてくるとはね」

「反則ギリギリの手段だけどね。ヘルダーが出て来ないという事はＯＫなんだろう」

「……反則するとヘルダー君が出て来るの？」

中々面白い演出だが、その分参加者全員の一挙手一投足を見張っていなければならないので相当な労力のはずだ。というか、一人の人間がそこまで広範囲を網羅できるとは到底思えないので多分ウィリアムの冗談なのだろう。

見えざるヘルダーの暗躍についての真偽はともかく、主力であるボンドがリタイアした事でこの前線は崩壊したに等しい。よって赤チーム側勝利の可能性も殆《ほとん》ど無くなってしまった。

「あーあ、折角燃えてきたとこだったのにな。もう少しだけ楽しみたかったよ」

無念そうに項垂《うなだ》れるボンドに、ウィリアムがまた微笑んだ。

「残念だったね。後はモランたちがどう持ち直すかだね」

これからの戦況を分析しながら、ウィリアムは今正に佳境を迎える頃であろう小屋の方を見据えた。


ボンドたちの壊滅によって青チームの勝利が決定的となったが、まだその事実を知らないアルバートとジャックは油断無く目標と定めた小屋に向けて前進していた。

小屋からの狙撃は続いており、二人も頻繁に物陰に身を隠しながら小屋へ接近していた。しかし狙撃のタイミングがやけに規則的である点から、明らかに標的に当てる気が無いという意思が感じ取れる。恐らく、今はちょっとしたウォーミングアップのような段階で、ある程度小屋までの距離が縮んだ時を本当の決戦とするつもりなのだろう。

その予想と違《たが》わず、二人は小屋まであと一〇歩という近距離まで容易《たやす》く到達した。小さな木造家屋は表に扉が一つと、裏手と左右に窓が一つずつ。周囲は切り開かれて小さな広場のようになっていて、遮蔽物となる物が一切存在しない。アルバートとジャックは一度足を止めて小屋から一番近い木陰に身を隠した。

「……おかしい。どこかで大きく仕掛けてくると思ったが、何も無くここまで近付いてし

まったぞ？」

小屋の様子を観察していたジャックが訝しげに疑問を呈した。小屋にいると見せかけて周囲の森から攻撃してくる可能性も考慮したが、周りに人の気配が無いのでモランがあの小屋内にいる事には確信が持てる。だが、それなら尚更たったの一つも罠の類いが用意されていないのが奇妙だ。

老執事の言葉にはアルバートも同意する。

「確かに、この距離まで来てしまえば遠距離用の狙撃銃での対応は難しくなるでしょう。もしかすると狙撃以外の戦闘を想定しているのかもしれません」

彼の意見に納得しつつも、ジャックの表情は険しいままだ。

「……自慢じゃないが、相手には近接戦闘の達人であるワシがいるんだぞ？　少なくともナイフでの立ち回りでは遅れを取る気がせんがな」

意気込んでいる訳ではなく単に事実を述べただけというような厳然とした口調で言いながらジャックがナイフを手の平で回転させていると、視界の先にある小屋の扉がキイと開けられた。

そこからゆっくりとした歩みで出て来たのは……。

「……ルイス」

アルバートが静かに末弟の名を呟く。

ルイス・ジェームズ・モリアーティは木製の扉を僅かに開けたまま、小屋から一歩一歩地面の感触を確かめるように歩み出る。そして丁度五歩分歩いたところで、アルバートたちが隠れている木陰に顔を向ける。

彼と二人の視線が交錯した瞬間——ルイスが二人に向けて駆け出した。

「そう来たか」

ジャックが愉快そうに口角を吊り上げる。

大方、ルイスが二人と直接戦い、その隙をモランが狙うという戦法だろう。つまり相手は罠ではなく直接対決での勝利を望んでいる。アルバートも同じ結論に達して、向かってくるルイスに拳銃を構える。

「愛すべき弟に銃を向けるのは心が痛みますがね」

奇《く》しくもヘレナがゲーム前に冗談半分で口にした状況が実現し、アルバートも苦笑を禁じ得ない様子だ。

体勢を整えた二人の前でルイスが急に方向転換して、別の茂みへと潜り込んだ。当然だが銃を持つ相手に真正面から特攻する程ルイスは愚かではない。

彼の動きに呼応して、アルバートとジャックも小屋からの狙撃を警戒しつつ、左右に展

開する。

　直後、ジャックの眼前にルイスが現れ、ナイフで突く動作をした。

「ワシの方に来るか」

　ジャックは慌てず騒がず、得意のナイフ術で応戦する。

　ルイスとジャックは真正面から刃をぶつけ合う。ゴム製なので甲高い金属音ではないが、それでもその衝突の音には二人の闘志の強さが現れていた。続け様に二度、三度と二人の間で刃のやり取りが行われる。

　師匠と弟子の対決の実現に、ジャックはニヤリと笑いかける。

「ふむ。お前とやり合うのは久しぶりだが、随分と腕を上げたな」

「…………」

　感心したように唸《うな》るジャックに対し、ルイスは口を一文字に閉ざしたしかつめらしい面差しでナイフを振り続ける。だがルイスは一瞬だけ視線を横に動かしてから、その場から大きくバックステップで退いた。茂みの中から広場に出た事でその姿が露わになる。

「そこを選んだか、ルイス」

　木陰に移動していたアルバートはルイスに銃の照準を固定しながら独りごつ。今もジャックとの戦闘に集中していたルイスを狙おうとしたのだが、彼の攻撃を察したルイスが一

旦戦闘を切り上げて開けた場所へと動いたのだ。

するとジャックも迅速な足運びでルイスとの距離を詰めた。師弟の対戦が再開されたが、今度は両者共に身をさらけ出す形となる。

現在の各々の位置関係としては、ジャックとルイスが広場で戦闘を繰り広げていて、それをアルバートが木陰から見つめている。そしてモランも小屋の中で目を光らせているだろう。

アルバートは銃でジャックを援護したかったが、撃つ為に少しでも身体を出せばモランの狙撃が待っている。弾が擦っただけでもリタイアとなるので下手な動きは控えるべきだ。逆にモランの正確な位置はアルバートの側からは視認できない為、あちらを狙い撃つ事は今は不可能。それはジャックにも分かっているようで、彼はこまめに左右へ動いてルイスと身体を入れ替えたりしながら自分に狙いを定めさせないようにしている。

つまり現状はアルバートとモランは完全に待機状態だ。互いに緊張を保ったままジャックとルイスがナイフで鎬《しのぎ》を削っている様子を見守る事に徹する。

しかしアルバートに焦燥は無かった。こうなると広場の戦いがこの二対二の勝負の鍵を握る訳だが、ナイフを扱う勝負でジャックが遅れを取るとは思えない。その証拠に、彼と対峙するルイスの顔に苦悶《くもん》の色が滲《にじ》んでいた。

「くっ……」

「どうした？　そろそろ息切れか？」

そう言うと、ジャックの攻撃に勢いが増した。小屋からの狙撃にも神経を割いているので完全に攻め切れてはいないが、それでもルイスは徐々に後退を始める。老体のジャックも額に汗を浮かべているもののまだ余力は十分に残している。反対に体力で勝っているはずのルイスはここで防戦一方となった。

「…………」

順調に両者の拮抗《きっこう》が崩れ始めたが、アルバートに慢心は無い。モランもこの展開は予想しているだろうし、ルイス自身も分かっていたはずだ。ならばここで彼らがどんな手を打ってくるかが問題となる。アルバートは広場での戦いを注視しながら、熟考する。

そんな中、ついにルイスがまた大きく一歩後退した。今度は攻撃を回避する為ではない。単純にジャックの猛攻に耐えかねたのだ。

しかしジャックは手を緩めはしない。弱り切った獲物に向けて間髪容《い》れず間を詰める。ルイスも諦めずにナイフを繰り出すが、決着の時はそう遠くない。

とうとう自身の敗北を悟ったのか、ルイスはここで大きくナイフを振りかざした。熟練の猛者《もさ》に対してその動きは致命的だった。ジャックは眼光鋭く、最小限の動作でルイスの

胸にゴムのナイフを当てた。

グニャリと先端が軽く曲がるまでナイフが突き立てられる。そしてジャックが刃を引っ込めると、ルイスの胸元に塗料の痕が残った。師匠と弟子の決闘は予想通りの結末で終わった。

ジャックは瞬時に小屋の方に注意を向ける。彼が立つ場所は小屋の正面から見て斜めの位置だった。角度が急なので窓からは多少身を乗り出さないと狙撃できないし、少しだけ開いた扉の隙間からもモランの姿は見えないから、今すぐには撃たれまいと判断した。

「ナイスファイトだ、ルイス。ワシとここまで戦えるとは、お前も十分達人の域だぞ」

激戦を制したジャックはルイスに視線を戻すと、満足げに、かつまばゆい物でも見るかのように目を細める。すると敗北を喫したはずのルイスが口元に妖しげな笑みを作る。

「お褒めに与り光栄です。これで僕はここで退場です。……僕はね」

「む？」

意味深な台詞《せりふ》にジャックが眉根を寄せると、コンと脇腹の辺りに何かがぶつかった。見ると、彼の足下に模擬弾が落ちていた。直後、ジャックは自分が撃たれた事を自覚する。

――狙撃？

完全に意表を衝かれたジャックは震撼《しんかん》した。窓からか、扉からか？　いや、どちらも無

いと断定したはず……。

「分かんねえか、ジジイ？　なら種明かしをしてやるぜ」

勝ち誇ったようなモランの声が小屋から発せられると、小屋の『扉』から銃弾が飛んできた。その出所を見てジャックは目を見張る。

モランは扉の『隙間』から撃ったのではない——彼の弾は一度扉に当たってからジャックに当たった。つまり彼は開いた扉の角度を利用してジャックに『跳弾』を当てたのだ。

ルイスは小屋から出て来た時、扉を完全には閉めなかった。これが仕込みの一つで、その後追い詰められたように見せかけて、ジャックをこの跳弾が当たる位置まで誘導していた。仮に使用していたのが実弾だったなら扉をあっさり貫通してしまうのでこの策は成立しなかっただろう。だが無害な球形の模擬弾は綺麗《きれい》に跳ね返る。

ポス、と再度ジャックの脇腹に弾が当たり、計二つの弾痕が彼の身体に刻まれた。

「……やられたわい」

弟子二人に裏をかかれ、ジャックは最早笑うしかないという風に額に手を当てた。その顔は心底悔しそうでありながらも、どこか晴れ晴れとしていた。

「——よっしゃあ！　お前のお陰だぜ、ルイス！」

一方、小屋の中にいたモランは最も倒したかった相手であるジャックを倒した事に大き

くガッツポーズを取る。

ジャックに戦いを挑むにおいて、遠距離を維持して狙い続けるという方法もあったが、そういった戦術は長時間かけて相手を消耗させる事を前提とした上で実行されるもので、皆で楽しむのが目的のゲームで長い時間をかけるのは控えるべきというマナー的な意味でもすべきでないと判断した。

ならば後は短期決戦という結論に至るが、単純にジャックが乱戦に巻き込まれたところを狙うというのも芸が無いし、彼もそれくらいは回避してしまうだろう。それに前線に戦力を集めるという作戦を踏まえても、やはり真っ当な長距離狙撃は成り立たない。

そこで考案したのが、あえて間近まで引き寄せてからの不意打ちだ。跳弾での狙撃にはルイスの尽力が必須だったが、彼は進んで囮《おとり》役を買って出てくれた。その心意気にモランは深く感謝しているし、ジャックにこちらの思惑を悟らせずおびき寄せた技術には称賛を送りたい。

とにかく、これでモランはウィリアムとジャックの二人を撃破した。ウィリアムに関してはやけにあっさりと倒してしまったが、そこには彼なりの戦略があるのは知っている。

「さて、残るはアルバートか」

一つの目標を達成すると、モランは気を引き締める。もう一人、自らの手で打ち負かし

たい男が残っているからだ。既に狙撃銃の弾を装塡し終えたモランは、ジャックを撃った膝立ちの体勢から立ち上がろうとした。

だが——そこでモランの胸に銃弾が当たった。

「……は？」

コンコン、と弾が床を軽やかに跳ねるのを見て、モランは開いた口が塞がらなかった。

ジャックは攻撃不可となったから、この弾はアルバートが撃ったものだ。だが彼は小屋に踏み入ってもいない。首を動かして窓を見るがアルバートの姿は無い。そもそも、胸に当たったのだから弾は正面の扉の方から来た事になる。しかし扉はほんの僅かに開いた状態のままで、その隙間からもアルバートは見えない。ならば彼はどのようにして自分に弾を当てたのか……。

と、そこでモランの脳は単純明快な解答を導き出した。

自分はあの扉を利用した跳弾によってジャックを狙撃した。それはつまり相手もまた同じやり方で跳弾を小屋の中へ撃ち込めるという事。

モランはジャックを狙った位置からまだ動いていなかった。なのでアルバートはジャックが撃たれた直後に、彼のいる位置からモランを狙ったのだ。

より簡単に言えば、モランは自分の作戦をまんまと逆利用されたのだ。

「——勝利の余韻に浸る間も無く敗者へと転落した気分はどうだい、モラン大佐」

モランが結論に至ったところで、アルバートが軋《きし》む扉を開けて登場した。外の光を背負って佇む様がまた絵になっているのがモランにとっては腹立たしい。

優雅な笑みを湛《たた》えるアルバートを恨めしそうに睨《にら》みながらモランは言う。

「人の真似して勝って嬉しいかよ、アルバート」

「おや、敵の用いる手段を予測し、利用するのは常套《じようとう》手段だと思うがね」

涼しげに言い放つ彼にモランが悔しそうに拳を握り込んでいると、続いてジャックがひょいと顔を覗《のぞ》かせた。

「おーおー、やはり怒っておるわい。たかがゲームでみっともないぞ」

「ジジイはやられた分際で偉そうにしてんじゃねえよ！」

モランが立ち上がって抗議すると、アルバートが肩を竦めた。

「先生はモランが何か仕掛けてくる事自体は察していたよ。だからあえてルイスの動きに合わせて私に罠の正体を見極める機会を与えてくれたんだ」

「……物は言い様だな」

後付けの理屈とも取れるが、熟練者のジャックならばそういう計算もするだろうという思いから、モランも強く文句を言えない。

「完敗ですね、モランさん」

するとジャックの横からルイスが顔を出した。開いた扉の前に三人が集まってこちらを眺める様子は少々シュールだったが、ここでモランは一つ疑問をぶつけてみる。

「ルイス。お前もしかして二人がこの罠を利用する事を分かってた上で、あえてジジイを誘い込んだ訳じゃないよな？」

「……そんな訳ありませんよ」

ルイスは眼鏡の位置を直しながら答えるが、レンズの向こうの目は明後日《あさって》の方向を向いている。目は口ほどにものを言うという言葉がピタリと当てはまる状態だった。

ルイスはモランの疑惑を振り切って、アルバートたちに向き直る。

「さて、兄様、先生。旗の守備も兼任していた僕たちが敗れ去った以上、赤チームの敗北は確定したも同然です。勝利条件の旗はあちらにあります」

「そうか。ならばルイスが案内してくれると嬉しいんだが」

「謹んでお引き受けしましょう」

「それは流石に肩入れし過ぎじゃねえか、ルイス!?」

アルバートの要請にルイスが恭しく頭を下げるのを見て、モランが大音量のツッコミを放った。

穴があったら入りたいとは、こういう心境を言うのだろうか。

ケヴィン・カーティスは、単身おろおろと森の中をさまよいながらそう考える。

アルバートと別れた後、老貴族アンディと二人きりにされた彼は暫く彼と行く当ても無く歩き続け、そこで相手の貴族数名と遭遇して訳も分からず撃ち合いとなり、気付くと何故か一人ぼっちになっていた。

戦闘が始まった時は慌てふためいてアンディにぶつかり、持っていた拳銃を落として更にパニックになり、地面を這《は》うようにしてようやく自分の銃を探し当てたと思ったら、次は孤立した上に迷子である。情けなさの余り、ケヴィンはその場で一分間膝を抱えて落ち込んでしまった程だ。

「でも、この札があって良かった」

ケヴィンは拳銃に紐で結ばれた札を触りながら独りごちた。これが無かったら拾った銃が自分の物かどうか確信が持てなかっただろう。札にはきちんと『8』の数字が書かれている。

「でも、ここからどうしよう……」

なよなよと『でも』を繰り返してケヴィンは頻《しき》りに首を動かして周りを見る。森はそう

広くないとはいえ、見知らぬ土地が不安感を増幅させるのか、今いる場所が異様に複雑怪奇な空間に思えてくる。

こんな時、彼がいてくれれば。ケヴィンはヘレナの父であり仕事仲間であり親友でもあった男の姿を思い浮かべる。

気の弱いケヴィンとは反対に、彼は前向きで底抜けに明るい性格だった。時にはその陽気さを厄介に思う事もあったが、楽天的で挑戦を好む彼と悲観的で慎重なケヴィンの人柄が上手く合致して、二人で開いた店の経営は成功を収めて巨大な商店にまで成長した。

どうしていなくなってしまったのだろう。今更こんな事を考えても詮無き事だが、やはりそう思わずにはいられない。

十年来の知己であるケヴィンから見ても、彼が特に悩みを抱えている様子は窺えなかった。仕事は上手くいっていたし、家庭内にも問題は無かったと思う。彼の妻がヘレナを出産した後に体調を崩して亡くなるという不幸はあったが、それも彼とヘレナは長い時間をかけて乗り越えてきたと確信している。

それでも、やはり他人には分からない何かが彼を蝕《むしば》んでいたのだろうか。そしてそれに自分は気付けなかったのだろうか。警察から聴取を受けている最中、ケヴィンは幾度となく自問した。

勿論、誰にも落ち度は無く何者かが彼を拉致したという線はある。恨みを買う事も多いこの業界ではそういった過激な手段を取る者もいるのかもしれない。それを予期できなかった自分の不用心さも、あの件では否《いや》が応でも思い知らされた。だから……。

いつしかケヴィンの目は自分が引き取った少女の姿を探し求めていた。

だから、ヘレナだけでも守り切る。それが自分に課された責務なのだ。愛する父の失踪後も決して持ち前の奔放さを失わず、悲嘆に暮れる様子を微塵《みじん》も見せなかった彼女の強い精神力に、ケヴィンは固く決心したのだ。

「ん？」

不意にケヴィンの追想が中断される。噂《うわさ》をすれば影というが、思い込むだけでも効果は発揮されるのだろうか。ふらふら歩く彼の視線の先に、一人の少女の背中が見えた。

――あれは、ヘレナか？　ケヴィンは髪形や服装からそう推定する。彼女は妙に背を丸めた体育座りで草むらの陰に隠れながら前方をジッと見ていて、後ろの彼に気付く気配すら無い。

ここでケヴィンは考える。今、自分とヘレナは互いに敵同士。そしてヘレナと思《おぼ》しき少女は隙だらけの背中をこちらに曝《さら》している。……この場合、どうするのが正解か。

優しく寛容な養父《ちち》を演じるなら、一声かけてわざと撃たせてあげるという手もある。だ

がプライドの高いヘレナは真剣勝負を望んでいるはずで、こちらが故意に見逃したと知ればその思惑がどうであれ、文句を並べ立てるのは必至だ。

ならばこのまま撃つべきだろうか。でもそれはそれで機嫌を損ねそうだとあれこれ思い悩んでいると、ケヴィンの背中にポンと手が置かれた。

「……………！」

驚きに声が出そうになるのを必死に手で抑えながら後ろを振り向くと、そこには今し方の戦闘で姿を見失ったアンディ・クルーガーが立っていた。

彼は口元に人差し指を立てて「静かに」と指示すると、ケヴィンの横に並ぶ。

「あれはヘレナ君だな」

断定的な口調のアンディに、ケヴィンは声を潜めて言う。

「たまたま後ろを取れたのですが、撃つかどうか迷っているんです」

アンディは苦笑した。

「君らしい悩みだな。だが遊びとはいえ闘争に親子の情愛を持ち込むなんて以《もっ》ての外だぞ。そら、相手が逃げぬ内にとっとと倒してしまえ」

「わ、分かりました」

てっきりアンディは情に厚い人柄かと思っていたが、案外シビアな面も併せ持っている

らしい。老貴族に口早に促され、ケヴィンもあわあわと銃で狙いを定める。

「さあ、早く早く」

反論する暇も無い程に急《せ》かされ、ケヴィンは考えもまとまらないまま引き金を引いた。

――パン、と弾《はじ》けるような音が響き渡る。

銃の反動が思いの外強く、ケヴィンは尻餅をついた。半ば放心状態になりながら、これは果たして素人が扱えるのだろうか、と少しズレた感想を抱く。

だけど今のは、さっき撃った時と微妙に違う。発射時の違和感と得体の知れない不安が同時に襲いかかってくる。ケヴィンは腰を上げて、恐る恐る少女の方を見た。

少女は身体を丸めた状態で静かに横たわっていた。その背中には見事に色が着いていた。

だがそれは人工的な塗料の色ではなく、不気味なまでに鮮やかな赤色だった。

「……あれ？」

禍々《まがまが》しい赤が少女の背中で徐々に広がっていくのを見ながら、ケヴィンは滑稽な動きで首を傾げた。

初めて弾を当てたが、あれ程リアルな色が着くのだろうか。それに少女はまだ身動《みじろ》ぎ一つしない。もしかして、律儀に死んだフリをしているのか。

目前で起きた現実に思考が追い付かない。ぼーっと前を見詰める彼の隣で、老貴族が慄

然と問うた。

「ケヴィン君。……今のはもしや、『実弾』か？」

その言葉にケヴィンは我に返った。そして自分が持つ拳銃を見る。両手が異常なまでに震えていた。まさか自分は今――本物の銃を撃ったのか？

「どうして？　これ、玩具じゃ……」

「貸せ」

アンディが素早くケヴィンの手から銃を奪い取った。『8』の札がヒラリと宙を舞う。

そうだ。この番号札こそが支給品である何よりの証拠じゃないか。だがそんなささやかな希望も容易く打ち砕かれる。

銃を軽く検分したアンディは瞠目《どうもく》しながら告げた。

「これは本物だ。君は今、あの子を撃ち殺したのだ」

彼はまるで断罪するような強い語気だった。ケヴィンの頭が真っ白になるが、すぐにアンディに肩を揺さぶられて現実に引き戻される。

「大変な事をしてしまったぞ、ケヴィン君！　まさか我が子を殺してしまうなんて！」

「ち、違……私はただ、ゲームをしていただけで」

「そんな言い訳は通用せんぞ！　君は殺人を犯してしまったのだ！」

何度も肩を揺すられながら、『殺人』という単語がケヴィンの中で反響する。確かにこの老人の言う通りだ。どんな理由があれ、自分が人を殺《あや》めたのは疑いようの無い事実だ。

取り返しの付かない事態に直面した彼に向けて、アンディが早口で捲《まく》し立てる。

「マズい事になった。このまま行けば君は終わりだ。殺人の罪で富も名声も全てを失ってしまうぞ。だが目撃したのがワシで幸運だった。まずはあの子の遺体を目立たない場所に隠そう。その後へレナが失踪した事にして、君は異国の地に姿を消すといい。そしてほとぼりが冷めた頃に戻ってこい。その時まで店の計画はワシが預かっておこう」

「ま、待って下さい！」

怒濤《どとう》の勢いに気圧《けお》されながらも、ケヴィンはどうにかアンディの提案を遮る。

「まだあの子が死んだと決まった訳じゃありません。今すぐ救命措置をすれば助かるかもしれない。それに店の計画を預けるとは一体どういう事ですか？　私の店の経営と貴方にどんな関係があるんですか？」

ケヴィンの正当な主張にもアンディは聞く耳を持たなかった。

「あの子をちゃんと見ろ！　身動き一つせんだろうが！　あれは死んだに決まっておる！それに店の件についてもそうだ！　犯罪者として疑われる君よりも貴族として信頼されるワシが運用すればより効果的にだな――」

「――それはいささか話が飛躍していますよ、アンディさん」

何かに取り憑《つ》かれたように熱弁するアンディを、清涼な声が遮断する。

ケヴィンが顔を上げると、アンディの背後に佇む男の姿を捉えた。

「ウィリアム・ジェームズ・モリアーティ様？」

丁寧にフルネームで呼ばれたウィリアムは微笑を返した。神々しくすらあるその笑みは、不思議とケヴィンの掻き乱された心を静めていく。

それでもまだ実弾の件も含めて考えが整理できないでいるケヴィンの代わりに、アンディが顔を歪ませながら聞いた。

「ウィリアム。何故こんな場所に」

「正しくは『こんな場面に』じゃないですかね。この惨状を作り上げたのが貴方であると、どうして気付いたのか。それが適当な疑問だと思います」

「この惨状が、作り上げられたもの……？」

ケヴィンがウィリアムの言葉を咀嚼《そしやく》すると、彼はアンディに詰め寄った。

「それ、どういう意味ですか⁉　全部貴方が仕組んだ事なんですか⁉」

だが問い質《ただ》されるアンディは疎ましそうにケヴィンを押し退《の》ける。

「でたらめだ！　この若造が適当な事を言ってるに過ぎん！　君はあの銃でヘレナを撃ち

殺した！　それが紛れも無い現実だろうが！」

「う……」

手痛い意見をぶつけられ、ケヴィンも罪悪感からすぐに消沈する。だが頭《こうべ》を垂れる彼にウィリアムが問いかける。

「ケヴィンさん。貴方はどのような経緯でその銃を手にしたのですか？」

「何だ、部外者のお前が口を出すな」

「アンディさんは少々口を閉じていて下さい。さあ、ケヴィンさん。質問の答えを」

ウィリアムの威厳ある声が、文句を言いかけたアンディを黙らせる。ケヴィンは老人の手の中にある自分の銃に目を留めた。

「それは……ゲーム用に支給されたからです。その段階では玩具だと思ってました。その後戦闘に巻き込まれた際に無くして、また拾ったんです」

するとウィリアムは更に問いを投げかける。

「拾った時にどうして自分の物だと分かったのですか？」

「え？　それは聞くまでもないでしょう。銃には番号札が結ばれてますし」

「なるほど。札の数字を確認したのですね」

ウィリアムは札に書かれた『8』という数字を見た。

「ならば、その札を悪意ある第三者が一度外して本物の銃に結び直したなら、貴方はそれに気付けましたか？」

「……え？」

重大な指摘に、ケヴィンは再び銃を見る。彼は首を横に振った。

「いいえ、無理です。気付きません。何せあの玩具も本物そっくりの出来でしたし」

「そうですよね。そしてそれを利用して、アンディさんが貴方の銃を本物とすり替えたのです」

「な……!?」

ウィリアムの推理にケヴィンが絶句した。すぐさまアンディが反論する。

「ふざけた事を抜かすな！　どうしてワシがそんな真似をせねばならんのだ！」

「それは先程、貴方が持ちかけた交渉内容が雄弁に明かしています。貴方はケヴィンさんに子殺しの冤罪《えんざい》を被せる事で彼を破滅に追い込み、その上商売の利益までかすめ取ろうとしたのです」

「な、何を世迷《よま》い言を！」

怒鳴り散らすアンディを無視して、ウィリアムは続ける。

「貴方のこの計画は我々がゲームの企画を持ち込んだ際に立案したものでしょう。本物そ

っくりの銃を使うので誤って実弾を撃ってしまうという事故を演出できる。そして玩具の目印は紐で結ばれた札のみ。本物とのすり替えは容易です」

その見解を端《はた》で聞いていたケヴィンは顔を青ざめさせた。

「じゃあ、アンディ様は僕が銃を紛失するのを狙っていたんですか？」

「そうなります。ケヴィンさんは自ら銃を失ったようですが、そうでなくともどこかの段階でアンディさんはわざと身体をぶつけるなどして貴方に銃を手放させていたと思います。そしてケヴィンさんがヘレナさんを見つけて――これもアンディさんが先に彼女を見つけてから貴方を誘導して遭遇させる流れだったんでしょうが――撃たせた。そして殺害した事を責め立てて罪の意識を芽生えさせ、自分の思惑通りに事を運ぶ。これが計画の全容です」

「………」

滔々《とうとう》と語られた陰惨な手口に、ケヴィンはまたもや言葉を失う。しかし容疑をかけられたアンディの方は拳を握り込んでわなわなと身体を震えさせている。

「聞く耳を持つんじゃない、ケヴィン君。奴の言った事は全て推測の域を出ていない。それらしく聞こえるが、ワシがそう仕向けたという証拠は無い」

「――では私が発言させて頂きましょう」

突如として快活な声が三人の頭上から降り注ぐ。そして彼らの傍に生えた木の上から一人の男が飛び降りた。

男は綺麗に着地すると、その場にいた全員に丁重なお辞儀をする。彼が装着する目隠しでケヴィンは闖入者《ちんにゅうしゃ》の正体に気付いた。

「……ヘルダーさん？」

「ええ。今回のゲームでは解説兼審判を務めさせて頂いております。フォン・ヘルダーでございます。いきなりの乱入で驚かせてしまいましたが、ご容赦を」

改めて自己紹介をすると、ヘルダーはアンディに向き直る。

「さて、皆様がお話ししていた事柄に関して重大な報告があるのですが……彼がケヴィン様とはぐれた直後にケヴィン様の銃を拾ってその紐を解き、隠し持っていた本物の銃に結び直した場面を私が目撃してしまったのです。盲目なのに目撃とは矛盾していますが、その点は流して頂けると助かります」

ヘルダーが流暢《りゅうちょう》に語ると、ウィリアムが付け加えた。

「彼には審判役を担って貰いましたが、特にアンディさんとケヴィンさんの動向をチェックするよう指示していました」

「待て、ヘルダーとやらはお前の身内だろう。ならばそちらの都合に合わせて嘘を吐《つ》いて

るかもしれんだろうが」

すかさずアンディが異論を唱えると、ヘルダーは困ったように首を傾げた。

「そこを突かれると痛いですね。身内の証言は有効とはなりませんから。最初に配った銃に運悪く本物が紛れ込んでいた可能性も捨てきれませんし」

「そうだろう。よって貴様の発言は証拠にはならん」

アンディが勝ち誇ったように笑うが、ヘルダーは「ですが」と言って続ける。

「私の記憶によれば、銃すり替えの時にアンディ様はケ、ヴィ、ン、様、の、銃、を、懐、に、し、ま、っ、て、いました。茂みに隠しておいても見つけられる恐れがあるので、万が一の事を考えて自分で所持したのでしょう。まあ、仮に私の大切な品を地面に放置したなら、別の意味で有罪でしたが」

「…………！」

途端にアンディが顔を引き攣《つ》らせる。仮にヘルダーの言が正しければ、アンディは玩具の銃をもう一丁隠し持っている事となる。これはすり替えがあった事を示す物的証拠だ。

これには無実を主張していたアンディも観念を余儀なくされた。彼は心底悔しそうに唸り声を上げげる。

「もう少し慎重にやるべきだった。……ワシの思惑を最初から読んでいたのか？」

ウィリアムは鷹揚《おうよう》に頷く。

「私たちは貴方がケヴィンさんを罠に嵌めやすくなるようなゲームをあえて提供しました。要は、このゲーム自体がアンディさんの悪意を証明する舞台だったという訳ですよ」

悪意を証明する舞台。それを聞いたケヴィンは、アルバートが『計画』と口にしていたのを思い出す。そんな彼にヘルダーが解説を加えた。

「このゲームでなくともいずれはアンディ様の毒牙がカーティス家のお二人に襲いかかったでしょう」

「二人？　私だけじゃなくヘレナも狙われていたんですか？」

ケヴィンは遠くに倒れる少女を見る。彼女はまだ地面に倒れたままだ。さっきからその安否が気になってはいるが、どういう訳かウィリアムとヘルダーは悠然と佇んで、少女の方を気にする素振りすら見せない。既に手遅れだと割り切っているのか、もしくは別の意図があるのか……。

一瞬、ケヴィンは二人の態度に違和感を覚えたが、ウィリアムが口を開いたのですぐに意識を会話の方に戻す。

「ケヴィンさんの失墜とヘレナさんの死。その二つを目論んだ陰謀は、先日のデパート襲撃事件から続いていました」

「あの件から？」

「はい。アンディさんは金で人を雇ってデパートを襲撃させたのです」

そこでウィリアムは指を二本立てる。

「その目的は二つ。一つは、デパートで惨劇が起こる事による評判の悪化です」

その意見はケヴィンもすんなりと納得できた。あの件で客足が遠のき、結果的に店を畳まざるを得なくなったのだから。そしてもう一つの目的についても、事件後、巻き込まれたヘレナ自身がケヴィンに仄《ほの》めかしていた。

彼がその結論に至っているのを察しつつ、ウィリアムは指を振りながら告げる。

「そしてもう一つは、ヘレナさんの殺害です。理由は恐らく、彼女の父の失踪にアンディさんが関与している事が原因です。実はヘレナさんはあの事件についての重要な情報を摑んでいるのです」

「ええ!?」

またもや驚愕《きょうがく》の真相が明かされ、いよいよケヴィンの頭は混乱に陥る。

「彼の件に……アンディさんが？　しかもそれをヘレナが知っている？」

「ふざけるな！　それまでワシの仕業とほざくか！」

アンディがまた顔を真っ赤にして憤怒するが、ウィリアムは全く意に介さない。

「ケヴィンさんたちと出会った当初からアンディさんはお二人を潰し、あわよくばその利益を奪おうとしていたのです。初め彼はヘレナさんの父を標的と定めました。彼が消えれば気弱なケヴィンさんも消えていくと考えたのでしょう。ですが意外にも貴方は不屈の精神で商売を続行した。なので今度こそ破滅に導こうと、アンディさんはこのような暴挙に打って出たのです」

「黙れ！　黙れ！　さっきから好き放題言いおって！　それこそ憶測に過ぎん！　そこまでほざくならちゃんと証拠を出せ！」

アンディが地団駄を踏みながら声を荒らげた。

確かに彼の訴え通り、この失踪事件こそ一切の証拠を提示できない。重要な証人と思われる少女はすぐそこでその命を絶たれてしまったのだから。

だがウィリアムは倒れる少女を一瞥《いちべつ》すると、玲瓏《れいろう》な声で告げた。

「分かりました。それなら彼女に登場して頂きましょう」

彼の一言を合図にして、近くの茂みを割ってまた新たな人物が登場した。それを見てケヴィンは目を丸くした。

「……ヘレナ？」

茂みから現れたのは、ヘレナ・カーティスだった。

養女の顔をまじまじと見詰めた後、ケヴィンは射殺してしまったはずの少女の方を見る。するとと少女の身体がむくりと起き上がって、足に付いた土埃《つちぼこり》を払いながら何事も無かったかのようにこちらへ歩いてきた。

少女と思われた人物は金髪のカツラを取って面貌を露わにする。その幼顔は、ウィリアムたちと親しげに会話していた中にいたフレッド・ポーロックだった。

唖然《あぜん》とするケヴィンとアンディを前に、ウィリアムは仲間を紹介した。

「彼は変装の達人でして、ヘレナさんに扮《ふん》して撃たれる役を演じて貰いました。カツラと服はそれぞれ防弾用に鉄板を仕込んでいましたが……怪我は無いかな、フレッド？」

「大丈夫です。というより、弾は擦りもしませんでした。どうにか血糊で誤魔化せましたが」

フレッドが背中を触りながら淡々と言葉を紡ぐ。

次から次へと起きる奇想天外な出来事に置いてけぼりにされながら、ケヴィンは自分の銃の腕前の無さだけを辛うじて自覚していた。

目すら回し始めた彼を一旦置いておいて、ウィリアムが少女を促す。

「さあ、ヘレナ。君の証言を聞かせて欲しい」

ヘレナは意を決した様子ですっとアンディを指差す。

「この人の『色』、聞き覚えがあるわ。昔、お父さんの色を塗り潰した真っ黒な色。お父さんがいなくなった日の夜、ケヴィンさんが私たちの屋敷を出た後、深夜にこの色が聞こえてきたのよ。あの時、私は寝室にいたからうっすらとしか聞けなかったけど……こうして間近で聞けばはっきりと分かるわ」

「……やはりワシの声を聞いていたか。あの時も屋敷の者が寝静まった頃合いを見計らったつもりだったが」

アンディが呪文を紡ぐような調子で呟く。ヘレナが証言した今、もう罪を否定する意味も無いと判断したのだろう。彼が口にしたそれは疑いようの無い自白の言葉だった。

傍らで聞いていたヘルダーが合点がいったように頷く。

「なるほど。当時、自分の存在を勘付かれたと思っていたなら、なるべくヘレナさんとは直接関わりたくなかったでしょうね。ゲーム前に近付いてこなかったのもそれが理由ですか」

「貴族の方たちを叱っていたというのも偽装工作の一環だったんですか」

アンディの行いが親切心によるものではなく単純な保身だったという事実にもケヴィンが絶望的な表情を浮かべる中、ウィリアムが言い足した。

「恐らく、当時は『誰にも聞かれたくない話がある』とでも言って夜遅くに来訪の約束を

取り付けたのでしょう。そして屋敷に仲間と乗り込んでヘレナさんの父に抵抗させる暇も与えず攫《さら》った」

「お父さんはいつも通り穏やかに話してたのに、いきなり色が消えたの。私は不思議に思って寝惚け眼で寝室から出たわ。そして明け方まで屋敷中を捜したけど、お父さんは見つからなかった」

ヘレナは声を震わせて当時の状況を説明する。正確に証言する為に、父を失った悲愴《ひそう》感とアンディへの怒りを懸命に押し殺しているのは誰の目から見ても明らかだった。

幼い少女の勇気ある告発に、親のケヴィンが立ち上がる。

「アンディさん……いや、アンディ！　貴様、何という非道な真似を！」

「非道は貴様らの方だ！」

アンディがこれまでとは一線を画す激昂を見せた。

「この大英帝国は伝統と格式を重んじ、明確な区分を用いて人間の住み分けを行う事で秩序と高潔さを保ってきたんだ！　それを中産階級などという金勘定しか能が無い俗物共が現れ、かつてない混沌《こんとん》をもたらした！」

アンディは憎悪を込めてケヴィンに喚き散らす。

「品性の欠片《かけら》も無い貴様らは、勝手に貴族の仲間入りをしたと勘違いして我が物顔で国内

を闊歩《かっぽ》している！　これは未曾有《みぞう》の危機だ！　今、この国は汚されている！　自らが生んだ害虫共によって！」

「害虫、だと？」

　耳を疑うような暴言にケヴィンも怒りを通り越して当惑した様子だ。ウィリアムたちも無茶苦茶な言い分に最早憐《あわ》れみすら覚えて瞑目《めいもく》する。

「今まで私たちを、そんな風に思ってきたのか？　下らない慣習には縛られないとまで嘘を吐いて」

「そうだ！　貴様らと接する度に吐き気がしたよ！　だがわざわざ親しい振りをしてやったのも、全て国の汚点を排する為だ！　我々の帝国を守る為だ！」

　老貴族の身勝手な主張を受けて、ヘレナが怒声をぶつける。

「ふざけないで！　そんな馬鹿みたいな考えで私のお父さんを攫ったの!?」

　アンディはヘレナにニヤリと不吉な笑みを見せる。

「攫って、殺したよ。銃で撃った後に全身を焼いて川に死体を流して捨てた。今頃はテムズ川の底で腐り果てているんじゃないか？」

「……殺した？」

　彼の告白に、ヘレナは気勢を失って愕然と立ち尽くす。

父の死は彼女も薄々感じ取ってはいた。だがこうして実行犯の口から直接聞かされた事で、受け入れ難い想像は確固たる事実と化してしまった。

今にも泣き出しそうなヘレナに邪悪な笑みを向けたまま、アンディは言い放つ。

「父の末路が聞けて満足だろう？　ならばお前も同じ所へ行け」

そして彼は最後の抵抗とばかりに手に持つ銃を彼女に向けようとした。その時既にフレッドやヘルダーが少女を守るべく一歩踏み出しかけたが、ウィリアムが手をそっと出して二人の動きを制した。この場合には、より相応《ふさわ》しい人物が出るべきだ。

暗黙の内にウィリアムが示した人物は、既に悪党の手から銃をはたき落としていた。

「なっ……！」

アンディは驚いてその男を見る。たった今まで軟弱な気質だと侮っていたその男を。

「色々言いたい事はあるが――」

その人物――ケヴィン・カーティスは、自分たちを苦しめてきた元凶に向けて思いの丈を込めて叫んだ。

「――私の娘に手を出すな！」

次の瞬間、彼が真っ直《す》ぐ突き出した拳がアンディ・クルーガーの左頬に突き刺さった。

「ねえ、ヘレナ。あんたゲーム中にいきなりあのお兄さんと合流していなくなっちゃったけど、一体どこへ行ってたの？」

「んー……説明するのが面倒臭いわ。勝手にそっちで想像して」

「えー、教えてくれたっていいじゃない。意地悪」

青チームの勝利でゲームが終了した後、ヘレナと元友人の少女の会話を遠目に観察しながら、ボンドはウィリアムに語りかける。

「あの二人、仲良くなったんだね」

ウィリアムは微笑を湛えて答える。

「雨降って地固まるというやつかな」

「二人にとっては青天の霹靂《へきれき》だったろうね」

ささやかな諺《ことわざ》のやり取りをすると、ボンドが確認を入れる。

「僕やモラン君は詳細を聞かされてなかったけど、一応、事件は無事解決と思っていいのかな？」

「うん。犯人も捕らえたし、彼女たちにとっての脅威は去ったと考えていい」

今回の計画は、ウィリアムたちの有する情報網を駆使して犯人を特定し、それで得た情報をヘレナと共有して立てられたものだった。ウィリアムのプロファイリングによってア

ンディの行動は読んでいたので、あえて泳がせて現場を押さえるというのが全体の流れとなる。なので任務の要所に関わる人員以外には「ゲームを利用して犯人を嵌める」とだけ伝えて細かい指示は出していなかった。

全てを終えたウィリアムの報告に、ボンドも納得したらしい。

「良かった。正直、僕はゲームに集中しちゃってたから少し反省してるんだ。何か出来る事は無かったかなって」

「そんな事は無いよ。逆に本気でゲームに取り組んでくれる人がいるから、アンディもすっかり油断してケヴィンさんを陥れる策を実行したんだからね」

「――つまり、俺やジジイの勝負は本当に本当の真剣勝負だったたって訳だ」

そこでモランがウィリアムの肩に手を回して会話に参加してきた。その後ろにはジャックとアルバートがいる。

ジャックは呆れたように溜息を吐いた。

「お前も大概しつこいぞ。たかが一発当てたくらいで」

対するモランは強気な態度で応じた。

「それでも一発当てたのは事実だろうが。あれが実弾ならジジイの命は無いぜ」

「実弾じゃないから当たったたんだろうに……」

ジャックが苦笑すると、アルバートも淡々と言う。

「それに、その直後に一発当てられたのも厳然たる事実だよ、モラン大佐」

「う」

アルバートの意見が図星だったのか、モランは口元をひくつかせて沈黙する。

三人のやり取りを楽しそうに見つめていたウィリアムは、改めて彼らに礼を述べる。

「兄さんたちも協力してくれて本当に感謝しています。正直、たった一人の犯人の為に皆を巻き込んだ事を心苦しく思っていたんですが」

その弁に、モランがウィリアムの肩をバンバンと叩いた。

「だから、俺らは俺らで楽しんだから結果オーライだ。逆に久しぶりに互いに全力で戦えて感謝してるくらいだぜ」

「そうだな。私たちもモラン大佐と雌雄を決する事が出来て満足だ」

「ちょっと待て。たった一度俺の油断を衝いただけで勝った気になるんじゃねえぞ」

尚もアルバートに噛み付くモランを見て、ジャックが重々しく告げた。

「戦場では些細な油断が命取りだぞ、モラン」

「そんな基本は俺も重々承知してるっつの！　無駄に格言っぽく言うな！」

そんな風にウィリアムたちが和やかに会話をしていると、そこに今回の中心人物となっ

た親子が声をかけてきた。

「みんな。今日はどうもありがとう」

友人との会話を切り上げてきたヘレナは、彼女らしい軽やかな調子でお礼の言葉を口にする。それに続いてケヴィンがモリアーティ家の一同に深々と頭を下げる。

「皆様、今回は本当にどう感謝していいか……」

並んで謝辞を述べる二人にアルバートが代表して応じた。

「我々は我々の正義感に従って動いたまでです。特にケヴィンさんには計画について何もお知らせしなかった事を申し訳無く思っております」

彼の反省の弁にケヴィンが首をぶんぶん振った。

「いえいえいえ、アルバート様方が負い目を感じる事は一切ございません。私とヘレナは命を救われたのですから」

「そうよ。私たち本当に感謝してるんだから。このご恩は多分一生忘れないわ」

無駄にふんぞり返るヘレナに、ケヴィンが即座に注意を入れた。

「助けられた身でそのふてぶてしさは何だ。あと『多分』じゃなくて『絶対』と言いなさい。……すみません。この期に及んでこんなお見苦しいやり取りを」

ケヴィンはそう言ってへこへこと頭を下げまくるが、ふと頭を下げたまま上目遣い気味

になって質問する。

「……そう言えば、あの男はどうなりました？　どうやら他の参加者は全く気付いてないようですが」

ケヴィンが気になっているのはアンディ・クルーガーの事だ。彼に一撃を食らわせて失神させたところまでは確認しているが、後始末はウィリアムたちに任せていたのでその後の詳しい事情は聞かされていない。

彼の疑問にウィリアムが答える。

「今は私たちの馬車に乗せ、ルイスとフレッドの二人で見張っています。下手に警察を呼んで折角盛り上がっていた場を白けさせる必要も無いと思いまして」

「そうですか……。では、この後警察に連れて行くんですか？」

犯罪者を警察に突き出す。それはごくごく常識的な発想だが、ウィリアムはあえて悩ましげに小首を傾げてみせる。

「そうしたいのは山々ですが……この国の貴族の権力は非常に強く、司法の裁定すら歪める恐れがあります。そうなるとまたお二人に危険が及ぶかもしれない。なのでこちらで念入りに『交渉』し、二度とあんな真似をさせないようにするつもりです」

そう言ってウィリアムが穏やかな微笑を浮かべると、ケヴィンは思わず息を呑《の》んだ。

国家権力の介入無しに犯罪者と交渉するなど普通なら有り得ない選択肢だが、ウィリアムの笑みにはそんな疑問すら消し飛ばすような神々しいまでの迫力があった。

彼らが今後アンディに対してどんな処置を施すのか、それについては踏み込まない方が賢明だろう。自分たちが命を救われたのは事実なのだから。触らぬ神に祟《たた》り無しだ。

青年たちの底知れなさにケヴィンが肝を冷やしていると、ウィリアムが話題を切り替える。

「それで、今後はどうするおつもりですか？」

するとケヴィンは少し目を伏せて、隣に立つ娘と視線を合わせる。

「前と同じように、子どもたちと過ごしていこうと思います。新しい店の計画についても……本音を言えば一人でやっていくのは不安もあるのですが、とにかく頑張っていくつもりです」

「そうね。私はお店の経営とかさっぱりだけど、弟と一緒にケヴィンさんを支えていくつもり。こう見えて家事とか得意なのよ」

「……そうですか」

二人の言葉にウィリアムが頷くと、双方の間に妙な沈黙が訪れた。

親子はさも危機を乗り越えて一安心といった風を装ってはいるが、それぞれにとって大

切な人の死を知ったショックは大きいはずだ。そんな親子の未《いま》だ癒えぬ傷が今、沈黙という形で露呈したのだ。

「え、えっと……」

不意に訪れた嫌な雰囲気にヘレナが急いで続く言葉を探していると、ケヴィンが少し声を大きくして宣言する。

「とにかく、私たちは大丈夫です。どうにかこの悲劇を乗り越えて前へ進んでいこうと思います」

彼の言葉に合わせてヘレナも首肯すると、ウィリアムは優しい笑みを浮かべた。

「そうですね。ご家族の明るい未来を祈っております」

ささやかな励ましの言葉を贈ると、ウィリアムは握り拳をケヴィンに向けて突き出した。

「それと、あの一発は痛快でした」

「ええ。あんな腰の入ったパンチを打てるなんて見直したわ」

ヘレナもシュッシュッと風を切ってシャドーボクシングをすると、ケヴィンも照れ臭そうに頭を掻いた。

「我ながら似合わぬ真似をしたものです。後悔はしてませんがね」

「あれを繰り出す度胸があれば、この先も大丈夫ですよ」

「お褒めに与り光栄です。それでは、またどこかでお会いしましょう」

ケヴィンが別れの挨拶をすると、ヘレナが背筋を伸ばしてウィリアムたちを一人一人見回して言う。

「モリアーティ家の皆様。今回は本当にお世話になりました。このご恩は一生忘れません、絶対に」

彼女らしからぬ礼儀正しい口調で改めて感謝の意を伝えると、ケヴィンとヘレナは穏やかな表情で去って行った。

親子の姿を見送りながら、長兄が弟に質問した。

「――さて、これで本当に万事解決なのか、ウィリアム?」

するとウィリアムは、国を震え上がらせる〝犯罪卿《はんざいきょう》〟の顔を覗かせて言った。

「まさか。最後の仕上げが残っていますよ」

彼の一言に、そこにいるモリアーティ家の全員が揃って微笑を浮かべた。

MORIARTY THE PATRIOT

3

焼失の逃亡者

「――はあああァァァァ……」

ハドソンがシャーロック・ホームズの部屋の扉を開けるや否や、身体《からだ》中の空気を絞り出すような長い長い溜息《ためいき》を吐き出した。

「どうした、ハドソンさん」

椅子に深々と座って新聞を読んでいたシャーロックが声をかけると、ハドソンは頭痛を覚えるように額を押さえた。

「毎度毎度、この部屋の有様は何なの、シャーロック？」

ハドソンは名探偵とその助手の生活空間をしかめ面で見回す。相も変わらず乱雑を極めた散らかりようだが、それに対するシャーロックの反応も相変わらずだった。

「別にそんなに目くじら立てる程じゃねえだろ？　科学実験もしてないし」

「こんな中で平然としてる衛生観念が理解できないわ……。とにかく、最低でも人を入れても恥ずかしくない程度には清潔にしなさいよね。ある意味、接客業でもあるんだし」

部屋の入り口で仁王立ちしたまま説教を始める彼女に、シャーロックはニヤリと謎の笑

みを形作る。

「このくらいで踵《きびす》を返すようならその程度の深刻度って事だろ？　つまり俺は依頼人をこの部屋に招き入れた時点で選別を図ってるんだよ」

「そんな屁理屈《へりくつ》こねてたらその内あんたの方がお客さんに選別されて仕事が来なくなっちゃうわよ。私、無収入の人を住まわせるなんて嫌ですからね」

シャーロックの怠惰な言い分をハドソンが痛烈に批判すると、彼は降参とばかりに両手を上げる。

「分かったよ。ジョンが帰ってきたら一緒に片付ける」

シャーロックがそう投げやりに言って窓の外を見ると、ハドソンが腰に両手を当てて呆《あき》れ顔になる。

「ジョン君ジョン君って、二言目にはそれなんだから。掃除くらいは黙っていても一人でするようになって欲しいわね。あんたの未来の奥さんに心底同情するわ」

「心配は無用だ。俺にとっては仕事が嫁さんみたいなもんだからな」

「……ってことは、私は一生独身のシャーロックをこの部屋に住まわせるって事？」

老境に達した自分が年老いた探偵を甲斐甲斐《かいがい》しく世話する光景をいやに生々しく想像してしまい、ハドソンは寒気を覚える。

そんなこんなで今日も二人は平常運転だったが、不意に一階玄関の扉がノックされた。シャーロックの経験上、このタイミングでの来訪は大抵〝謎〟関連だ。

「はいはい、少々お待ち下さい」

ハドソンは会話を打ち切ってパタパタと一階へ降りていく。シャーロックも新聞を机に放って彼女の応対の声を聞いていた。

すると彼が直感した通り、玄関で二言三言の言葉を交わしたかと思えばすぐに何者かが階段を軋《きし》ませながら上がってきた。開いた扉の向こうに見知った顔が現れると、探偵は不敵に笑いかけた。

「――よう、レストレード。難事件か？」

シャーロックの下を訪れたのはロンドン警視庁《スコットランド・ヤード》の警部レストレードだった。当然のように『難』事件と口にするシャーロックに彼は厳かに頷《うなず》いた。

「その通りだ、ホームズ。少し厄介な件でな。お前の力を借りたい」

「内容は？」

挨拶もそこそこに愛用の煙草《たばこ》に火を着けながらシャーロックが問いかけると、レストレードは深刻な面持ちで口早に答える。

「悪いが、事態は急を要するんだ。今ここで詳細を語っている時間すら惜しい。内容につ

いては馬車の中でいいか？」

「あ？　うーん……」

レストレードの要望にシャーロックは一度窓の外の街路を見てから、落ち着きなく身体を揺すり出す。

「どうした？　何か問題があるのか？」

即答しない探偵にレストレードが疑問を投げかけると、シャーロックは誰にともなく呟《つぶや》いた。

「ほら、ジョンがいねえだろ。……あークソ、マジあいつどこ行ったんだよ」

「………」

硬い表情を保っていたレストレードも、今の発言には一瞬噴き出しそうになってしまう。周囲を困らせて憚《はばか》らない変人が人並みの寂しさを吐露した事がおかしく感じられたからだ。

探偵の一言には傍らで立ち聞きしていたハドソンもくすりと微笑《ほほえ》む。既にシャーロック・ホームズという男にとって、ジョン・H・ワトソンは切っても切り離せない存在と化しているらしい。

二人の反応に、シャーロックは不思議そうに目を細めた。

「おい、どうして笑ってんだ？　俺、何かおかしい事でも言ったか？」

「すまんすまん。ただ、意外な台詞《せりふ》だったから、ついな。別に馬鹿にしてる訳じゃないぞ。掛け替えの無い友人がいるのは良い事だ」

「余計なお世話だっての。……だが、ジョンを待つ余裕すら無いのか？」

シャーロックが聞くと、レストレードは瞬時に苦々しげな表情に戻る。

「悪いが、そうなる。可能な限り迅速に行動したい。それでも先生が必要だと言うなら待ってみてもいいが……」

するとシャーロックはさっと手を振ってレストレードの妥協案を遮る。

「いや、いい。あいつがいつ帰ってくるか分からないしな。こんな時もあるさ」

そう言うと彼はまだ半分も吸っていない煙草を灰皿に突っ込み、簡単に身支度を整えて出発の準備を終わらせる。レストレードも一言「すまん」とだけ言って探偵と共に外に停《と》めてある四輪馬車《ブルーム》へと向かった。

馬車の中に片足を踏み込むと、シャーロックは玄関に立つハドソンを振り返った。

「そんな訳で、ハドソンさん。結婚相談は帰ってきたら受け付けるよ」

「そんな話、一度もした覚えはありませんけど？」

冗談めかして言うシャーロックにハドソンは静かな怒気を秘めた笑顔を返す。鬼気迫る彼女から逃げるように彼らはそそくさと出発した。

御者が馬を走らせると、早速レストレードは本題に入った。

「先日のデパート襲撃事件は知ってるな？」

シャーロックは「ああ」と返事をして頷く。

「新聞にもでかでかと載ってたしな。お前も随分活躍したらしいじゃん？」

彼がからかい混じりに言うと、レストレードは苦笑した。

「恐らくデパートから飛び出して来た男たちを取り押さえた時の事なんだろうが、あれは厳密に言えば俺の手柄ではない。……それに、問題はそこじゃない」

「だろうな。その新聞の続きはこうだった。『警察の大失態！　捕らえたはずの犯人たちが呆気《あっけ》なく逃亡！』」

「…………」

やや大仰な口振りで告げられた内容に、レストレードは沈痛な面持ちになる。

「完全に言い訳になってしまうが……あの時は色々あって犯人の半数が火傷《やけど》を負ってな。その中の一人が馬車での護送中に苦しみ出して、同乗していた警官が応急手当を行おうとした瞬間、男が隙を衝《つ》いて馬車から飛び降りたんだ」

警部の話をシャーロックは口元に微笑を浮かべながら聞いていた。

「お優しい公僕もいたもんだ。しかし新聞には『犯人たち』とあったぞ。逃したのは一人だけじゃないらしいな」

これにもレストレードは渋い顔で説明を続ける。

「……一人が馬車から飛び降りた時、後ろを走っていた馬車も停車せざるを得なかった。その混乱に乗じて更にもう一人逃げてしまったんだ。その後、全力で追跡に当たったが見つからず終《じま》いでな。結局、我々の不手際によって二人の男が逃亡してしまった」

「ふーん……」

不手際、と心苦しそうに口にするレストレードに対して、シャーロックは目を細めて簡単な相槌《あいづち》を打つ。折角捕まえた犯人を二人も逃がしてしまった。確かに迂闊《うかつ》な行為が招いた重大事ではあるが、当事者らが猛省の態度を見せている以上、第三者が必要以上に責め立てる意味は無い。

なのでシャーロックはそこから先の展開について予想し、自身の見解を述べる。

「だが、その後警察の懸命な捜査によって犯人の潜伏先の特定に成功。逮捕に向かった先で何らかの問題が起きて俺の力を頼らざるを得なくなった。……てな感じか？」

探偵の推理力に、レストレードも呆れ果てた様子になる。

「やはりというか、流石《さすが》というか……ほぼ正解だ。ただ、捜査によって場所が分かった訳

じゃない。今朝、突然警察に犯人の居所についてタレコミがあってな。そこで警官を向かわせたんだ」

「タレコミ？　……へえ」

その単語にシャーロックが微《かす》かに関心を寄せるが、すぐに警部に続きを促した。

「タレコミによると二人の逃亡犯は行動を共にしていたようで、知らされた住所に着くと警官は早速犯人の一人を発見して確保したらしい。だがもう一人の逃亡犯が見つからないので、捕らえた男から仲間の居所を聞き出そうとその場で尋問している真っ最中、という話だ」

レストレードは厳かな語気でそう語る。シャーロックは幾度か首肯した後、疑問をぶつけた。

「『らしい』とか『ようだ』とか言ってるが、レストレードはまだ現場には行ってないんだな」

「俺はその時本庁にいてな。諸々《もろもろ》報告を受けた後、取りあえず部下の警官を先に現場に向かわせて、俺はお前の協力を得るべく221のBを訪れたんだ」

レストレードの返答にふむと頷くと、シャーロックは更にいくつか質問を投げかける。

「二人の逃亡犯は同じ場所にいて、一人はすぐに見つけたがもう一人はまだ見つかってな

い。それは単に警察が踏み込んだ時に居合わせなかっただけか？」

「それもあるが、もう一人は正確な人相が分かっていないというのもある。さっき言ったが、最初に逃げた男は顔にまで火傷が及んでいて、その傷を外気に曝《さら》さないよう布で覆っていたものだから顔の輪郭すら判然としないいんだ。それでも後に逃げた方は目立った傷も無かったので、今回捜索した先で発見できたらしい」

「つまり今回捕まえたのは逃亡騒ぎに乗じた方って訳か。……だが、レストレードの話によるとその逃亡先の住所で今も尋問中なんだよな？　どうしてすぐ署に連行しないいんだ？」

「当然の指摘だが、その犯人たちが潜伏していた場所が少し厄介でな」

レストレードが苦々しげに言うと、シャーロックは車窓の向こうに流れる街並みを眺めた。その景色から馬車が向かっている場所に見当を付けた。

「なるほど。イーストエンドか」

彼の予想にレストレードは重々しく首肯する。

「貧民街の更に奥に位置する劣悪な場所だ」

「そりゃ面倒極まるな。この間の切り裂きジャックの件以降、互いに歩み寄ったもんだと思ってたが」

シャーロックが皮肉っぽい笑みを浮かべた。

英国を震え上がらせた切り裂き魔の事件は最終的に警察と自警団が団結する形で決着を迎えた。実はそれは〝犯罪卿《はんざいきょう》〟が裏で手引きした結果なのだが、シャーロックはその真相を自分の内に秘めたままにしている。

探偵の言葉に、レストレードは残念そうに首を横に振った。

「それに関しては現在でも協力関係が続いているが、未《いま》だ互いに相容《あいい》れない空気は感じるな。勿論《もちろん》、我々を信頼してくれる者もいるが、街全体に漂う市警《ヤード》への不信感はどうにも拭えん」

社会秩序の維持の為《ため》に働く警察と犯罪の温床である貧民街の住民は必然的に相性が悪い。貧民街の中には犯罪者に協力的ですらある者もいて、とある宿の主人などは金銭と引き換えに犯罪者を部屋に匿《かくま》ったりしたという。

そんな場所であれば、犯人の一人を署に連行している間にもう一人が逃げおおせてしまう恐れは十分にある。だからその場ですぐに仲間の所在を聞き出す必要があるのだ。

それにジョンを待つ余裕すら無いのにも納得できる。現在も先着した警官が待機しているのだろうが、周囲に警官をやっかむ人々が多い中で待ち続けるのは相当の危険を伴う。なので余計ないざこざが生じる前に一刻も早く問題を解決して撤収するべきだ。

レストレードたちが置かれた状況を理解すると、シャーロックは笑みを絶やさずに言う。

「緊急事態だってのは重々承知したぜ。つまり尋問に立ち会って、それで得た情報を元にもう一人のデパート襲撃犯を速攻で見つけろって事だな」

「そういう事だ。話が早くて助かる。……お前好みの〝謎〟とは少々趣が異なるが」

レストレードが少しだけ心苦しそうな表情を浮かべると、シャーロックは少し首を傾けて考える素振りを見せる。

「確かに俺がわざわざ出向く程の件じゃないように聞こえるが……俺の経験上、シンプルに思える事件ほど簡単に終わらない事が多い。もしかしたらそこで面白い〝謎〟に出会えるかもしれねえし、取りあえずは付き合ってやるよ」

話が一区切りつくと馬車が貧民街の通りで停車したので、すぐに二人は下車する。ここから先は道が細く入り組んでいる為、目的地までは徒歩で移動するらしい。

時刻はまだ昼を過ぎたばかりだが、建物が密集するこの一帯は既に夕暮れ時のような薄暗さだ。ふと左右を見遣《みや》れば、道端で力無く座る浮浪者や汚れた衣服に身を包む子供の姿が視界に映る。時折、つんとすえた匂いが鼻腔《びこう》の奥を刺激して胃の中から苦いものが込み上げる。

およそ人が住むには絶望的と言える環境に虚《むな》しさを抱くレストレードだったが、彼とは

対照的にシャーロックは平素と変わらぬ様子で歩を進めている。

「いつ来ても複雑な構造だよな。貧民街に詳しい奴《やつ》らを知ってるが、どうせならそいつらに案内させるか？　結構な金をぼったくられるがな」

不正規隊《イレギュラーズ》の利発そうなにやけ面を思い浮かべながらシャーロックが提案するが、レストレードはあっさりと断る。

「行き方は分かってるから大丈夫だ。もう少しで着くはず――」

言い止《さ》して、レストレードは前方に目を向けたまま足を止めてしまった。何事かと思いシャーロックが警部の視線を追うと、彼もまた衝撃の余り全身を凍り付かせた。

「……もしかして、あれか？」

シャーロックが恐る恐る質問するが、レストレードは答えなかった。

二人が見つめる先、古い建物が建ち並ぶ向こうに黒煙が立ち上っていた。同時に、微かにすす臭い匂いが辺りに蔓延《まんえん》しているのに気付く。

「まさか……嘘《うそ》だと言ってくれ」

血の気の引いた顔で呟くや否や、レストレードは駆け出した。シャーロックも嫌な予感に歯噛みしながら、急いでその背中を追う。

二人はものの一分で目的地に到着したが、それでも遅きに失したらしい。

立ち尽くすレストレードの視線の先、尋問が行われていると思《おぼ》しき建物が丸ごと炎に包まれていた。

熱風に煽《あお》られ火の粉があちこちに降り注ぐ中、警官や住民らが水を汲《く》んだバケツや鍋を持ち出して懸命に消火に当たっている。

「……おいおい、早速問題発生かよ」

簡単には終わらない、という言葉が予想の斜め上の形で実現し、シャーロックが半ば呆れたように呟くと、レストレードは近くにいた警官の腕を掴《つか》んで荒々しい語気で問いかけた。

「一体何が起きた！」

問われた警官は悲鳴にも似た大声で答える。

「火事ですよ！　犯人を捕らえていた建物から火の手が上がったんです！」

「……くそっ！」

レストレードはそう吐き捨てると、すぐに消火活動に加わる。

「俺も手伝うぞ！　誰か水貸せ！」

一瞬遅れてシャーロックも動き出す。すぐ近くにいた男から水桶《みずおけ》を受け取るが、その男の顔を見て彼は硬直した。

「……グレッグソン？」

シャーロックに名を呼ばれたグレッグソン警部補は驚愕《きょうがく》に目を丸くした。

「ホームズ！　貴様、何故《なぜ》こんな所に!?」

警察を差し置いて事件を解決してしまう名探偵を常日頃から目の敵にする彼は当然声を荒らげたが、そんな敵意には既に慣れきったシャーロックは口早に応じる。

「レストレードから直々に指名されてな。それはともかく、お前が犯人確保に駆り出されてたのか？」

彼がそう聞くと、グレッグソンはやけに鬱陶しそうに手を振った。

「ええい、うるさい！　細かい話は後にしろ！　今は火を消すのが先決だ！」

それだけ言い残して、彼はそそくさと水を汲みに行った。もっともな意見にシャーロックもそれ以上は追及を控えたが、どこか並々ならぬ焦燥に駆られた彼の様子を不審に思った。

迅速な犯人逮捕。燃え上がる建物。そしてグレッグソン警部補。

現段階で出て来た様々な要素を踏まえて、シャーロック・ホームズは今回の事件がやはり一筋縄ではいかない事を確信するのだった。

シャーロックたちが現場に到着してからおよそ五時間後。ようやく建物の火は消し止められた。

消火に尽力した人々が路面に座り込んで一息吐《つ》いているが、火災に遭った建物は骨組みだけを残して焼失してしまった。建築物が佇《たたず》んでいたであろう土地には黒く焼け焦げた木材が山積しており、その中では未だに小さな火が燻《くすぶ》って所々から細く煙が上がっている。まだ現場に踏み入るのは危険な状態だが、隣接する建物には燃え移らずに外壁を焦がす程度で済んだのは不幸中の幸いだろう。

「……一仕事終わった感があるが、こっからがスタートなんだよな」

上着を脱いだシャーロックがげんなりとした様子で呟いた。すると彼の脳内で聞き知った相棒の声が再生される。

『シャーロック。このタイミングで火事が起こるなんて都合が良過ぎるんじゃないか？もしこの火事に尋問中の犯人が巻き込まれたとしたら……』

──分かってる。だがまずは冷静に話を聞くとしようぜ。

ジョンの言葉に心中で答えると、シャーロックは少し離れた所で警官と話し合っているレストレードの下へ向かう。彼は今、他の警官から事情を聞いているところだった。

「おーい、レストレード。何か実のある話はあるか？」

「ああ。現場検証が可能になるまでもう暫《しばら》くかかりそうだが、部下からの報告でこうなるまでの経緯は摑めた。説明するから聞いて欲しい」

そうレストレードが切り出すと、シャーロックも黙って耳を貸す。

部下の話によると、この建物は古い木造三階建ての安宿だったらしい。タレコミに従って内部を捜索すると、彼らは早速逃亡犯の一人を捕まえた。そしてもう一人の居場所を聞き出すべく、すぐに宿の部屋で取り調べを始めたのだ。

「その部屋の位置はどこだ？」

シャーロックが質問を挟むと、レストレードはかつてその部屋があったと思しき場所を見上げた。

「三階《セカンドフロア》の端で、捕らえた男が借りていたようだ。この宿は一階《フロア》につき三部屋ずつあって、例えば一階《グラウンドフロア》ならば一〇一、一〇二、一〇三と部屋番号が割り振られている」

「つまり三階の端なら三〇三号室になるな。部屋には全員で押し入ったのか？」

「いや、先着した警官は一〇人で、まず五人が宿の中に入り、残り五人が宿の周囲で待機していた。中に入った五人の内、二人が三〇三号室の中で男を尋問し、一人がその部屋の前で見張りを、残り二人がそれぞれ一階と二階《ファーストフロア》の廊下に立って客の動向を監視していた」

人数の割り振りを聞いて、シャーロックは建物の残骸が積もる土地を見た。

「この広さなら外も五人で十分だろうが……各階の廊下に警官を立たせてた理由は？」

「逃亡犯が潜伏していた以上、聞き込みがてら他の客の素性も確認したかったのだが、宿の主人が警官嫌いでな。逃亡犯への尋問までは許可するが、他の客には迷惑をかけるなと言い張って、各部屋の訪問すらさせて貰《もら》えなかったらしい。なので仕方無く各廊下を静かに見張るくらいしか出来なかったのだ」

貧民街での警察への嫌悪を改めて実感し溜息を吐くレストレードに対し、シャーロックも頷きを返す。

「元々の情報源が匿名のタレコミって胡乱《うろん》な代物だからな。半信半疑で行ってみたら実際にいたってだけの話で、それ以上の捜査を強引に推し進めるのは難しかっただろうな」

当時の警察の立場に関して理解を示すと、シャーロックは質問を続ける。

「尋問中も宿を出入りする奴はチェックしてたんだろ？」

「勿論だ。しかし部下の警官からは不審な人物を見たという報告は受けてない」

「ＯＫ。当時の警官の配置は分かった。続けてくれ」

捕らえた男は意外にしぶとく、もう一人の所在について全く口を割ろうとしなかった。このままでは埒《らち》が明かないと判断した警官たちは、一旦休憩を挟んで退室した。相手をリ

ラックスさせてから再び緊張を強いる事で精神的な負荷を与える作戦だ。

加えて、この時には警察の存在を聞き付けた住民たちが宿の周囲に集まり騒ぎ始め、辺りは殺伐とした雰囲気となってきていた。彼らがエスカレートし暴徒化するのを防ぐ為にも、住民たちに冷静になるよう直接呼びかけるべきと考え、宿の中にいた警官五人の内、四人が外に出た。

こうして、逃亡犯の男一人だけが部屋に残された。男は部屋に置かれていた木製の椅子に座らされ、両手にそれぞれ手錠がかけられ椅子の両肘《ひじ》掛《か》け部分に繋《つな》がれている状態だった。唯一の出入り口である扉の前には警官が一人見張りとして残っていた上に、扉と反対側にある窓から出るにしても三階なので飛び降りればただでは済まない。これらの条件から逃亡の恐れは無いとされていた。

——事実、その考えは正しかった。何故なら犯人は逃亡せず、その部屋の中で殺害されたからだ。

休憩開始から五分後。宿の周囲で異変が起きた。苦情や野次が急に悲鳴と絶叫に変わった。中に一人残っていた警官がそれを不思議に思っていると、直後に誰かが「火事だ！」と叫んだ。

階下に降りて確認すると確かに一階から火の手が上がっていて、残った警官は急いで宿

の中にいた人々に火事を知らせ、避難するよう指示した。当然、三〇三号室に拘束した男も逃がそうとしたが、扉が開かなかった。中から鍵が掛けられていたのだ。

そこでシャーロックが顎に手を添えながら呟く。

「拘束してたのが椅子なら手錠に繋がれたままでも室内を動き回れるな。仮にベッドだとしても大きさによっては動ける。捕まった男が内部から施錠する事は出来るが……ちなみに、本当に鍵がかかっていたのか？　扉が歪《ゆが》んで開かなくなったとかじゃなく？」

「そこは確かのようだ。何度も試みて内側からかけられているのが分かった、と」

「なるほどな。悪い、いちいち話を遮っちまって」

「いや、構わんさ。……それで見張りの警官は鍵穴から室内を覗《のぞ》いてみた。そしたら、室内には想像だにしない光景が広がっていた」

レストレードの語り口から、シャーロックは部屋の中で起きた事態について半ば強い確信をもって述べる。

「内側から鍵をかけられた密室で男の死体が出来上がってた……ってか？」

その予想は概《おおむ》ね正しかったようで、レストレードは驚きに瞠目《どうもく》しつつ、すぐに重々しい声音で「ああ」と返事をして話を続ける。

——鍵穴から見ると、逃亡犯の男は椅子に繋がれたままうつ伏せに倒れていた。その背

中は血のようなもので赤く染まっていて、火事の騒動の中でも一人時が止まったかのように全く動く気配を見せなかった。

まさかの事態に慌てた警官は体当たりで扉を開けようとしたが、何度身体を当てても扉が僅かに軋むだけで開く気配が無い。どうやら例の宿の主人の意向で警察が許可無しに部屋に入れないよう頑丈な作りになっていたらしい。仲間の警官も消火活動や周辺住民への避難の呼びかけに必死で、三階へ応援に向かう余裕が無かった。

その後も見張りの警官はどうにか扉を開けようとしたが、木造建築は火の回りが非常に速く、四苦八苦していた警官の下にもすぐに炎が昇ってきた。倒れた男は依然として動かない。葛藤の末、警官は犯人の救助を諦め、逃げ遅れた客がいないか確認しつつ建物から脱出したのだった。

これが、火事で建物が焼け落ちるまでの大まかな流れである。

「…………」

突然の火事。堅く扉が閉ざされた部屋。そしてうつ伏せで倒れた男。

話を聞き終えたシャーロックは当時の状況を脳内で再生しつつ、内心苦笑する。逃亡犯の捜索が密室事件に発展するとは。

レストレードは現場保全すらままならなかった事を残念に思っているのか、静かに肩を

落とした。

「ここまでで、何か推理できる事柄はあるか?」

彼が聞くと、シャーロックはゆっくりと口を開く。

「まず倒れていた男についてだが……死んでいたと仮定して、尚且《なおか》つ殺人だった場合、単純に考えて背中から血を流してたなら物理的な原因で殺された事になる。俺の考えでは刺殺か射殺、容疑者は……やはりもう一人の逃亡犯と考えるのが妥当だろうな。動機は単純な仲違《なかたが》いか、逮捕される事を恐れての口封じってとこか」

探偵の見解に、警部が考え込む。

「刺殺か射殺、か。前者の場合は室内に侵入する必要があるな」

「そうだな。だから『火事の混乱の中、窓の外から銃で狙撃された』ってのが現時点で最有力だ」

「するとこの火事も意図的に起こしたものという事か?」

「その可能性は高い。部屋の詳しい内装なんかは分かるか?」

「それについては、現場を目撃した警官から直接話させよう」

レストレードは妙に険しい表情を作ると、遠くを見て手招きする。

彼の合図に応じて近付いてきた男を見て、シャーロックはあんぐりと口を開けた。

「……お前だったのかよ」

「そうだ。私だよ」

二人の傍《そば》にやってきたのはグレッグソン警部補だった。彼は啞然《あぜん》とするシャーロックの前でムスッとしながら腕を組んでいる。事件発生当時一人で部屋の前で見張りに立っていて、唯一殺人現場を目撃した警官とは、彼の事だったのだ。

それを知ったシャーロックは、先程のグレッグソンの不審な態度の理由に思い至った。

「なーるほど、な。捕まえた犯人をみすみす消されちまったなら、俺らに合わせる顔が無いのも頷けるぜ」

シャーロックがいやらしい笑みを浮かべて言うと、グレッグソンは悔しそうに言い返す。

「せ、責任は痛感している。だが警部ならともかく、お前に対して負い目を感じる道理は無いぞ」

「別に非難してる訳じゃねえよ。だがその言い方だと当時はグレッグソンが現場の責任者だったんだな。お前一人が見張りとして残ったのには何か理由でもあるのか?」

シャーロックが問うと、グレッグソンは言い辛《づら》そうにしつつも応じる。

「……尋問中に宿の周囲に集まった人々を落ち着かせる為に現場にいた警官の力を総動員させたかったのだが、逃亡犯の見張りは絶対に必要だし、私の性格では住民の説得に向か

ないと思ったんだ。だから私が一人で残る事にした。……今思えば、短絡的な判断だった」

彼は己の過ちを悔やむように目を細めたが、レストレードが「いや」と口を挟む。

「なかなか合理的な判断だと思うぞ。そもそも、そんな大変な現場にグレッグソンたちを送ったのは私の指示だ。だからこれは私の任命責任でもある」

「い、いいえ、警部に非はありません。私が軽率だったんです」

上司と部下のやり取りを、シャーロックが手を振って制した。

「悪いが、責任の所在とかについての話は後にしてくれ。取りあえずは情報共有が先だろ」

憎き探偵に言われるのは釈然としない様子ながらも、グレッグソンはレストレードに向き直る。

「……それで、何が聞きたいんです？」

「部屋の内装に関してだ」

レストレードが言うと、グレッグソンは当時を思い出すように斜め上に視線を留める。

「内装と言っても特に変わった点はありませんでした。正方形の部屋に小型のベッドが一台、テーブルと椅子が一組あるだけです。出入り口は部屋の北側にある窓と、反対側に無

駄に頑丈な扉が一つあるだけ。鏡や洗面所すら無かったですよ」

それを聞いたシャーロックも真面目な顔付きになる。

「本当にただ寝泊まりするだけの場所って感じか。じゃあ『椅子に繋がれて倒れる男』とやらは、部屋のどの位置にいたんだ？」

探偵に対して、グレッグソンはギロリと憎々しげな目つきで棘《とげ》のある語気を返す。

「鍵穴から覗いたすぐ目の前に男は倒れていた。扉からおよそ一歩分の位置だ。そして背中が――正確には背中から腰の辺りまでが――血の色に染まっていた」

そこでシャーロックは疑問をぶつけた。

「殺された男は両手をそれぞれ椅子の肘掛けに繋がれてたんだよな？　その状態のままだとしたら椅子を背負うような形で倒れてるもんだと思うが」

グレッグソンが眉根を寄せて両腕を組む。

「穴から覗ける範囲には限りがあったので男の身体全体は見えなかったが、少なくとも椅子を背負った形ではなかった。これは推測になるが、男は恐らく椅子の肘掛けを力尽くで破壊し、拘束を解いたのだろう」

「それくらいボロい椅子だったたって訳か」

「……捕らえた際にあまり抵抗しなかったから、こちらも油断してつい手近にあった物を

利用してしまったんだ。その点についても迂闊だったと思っている」

グレッグソンの反省を聞きながら、シャーロックは男の具体的な行動について思い浮かべる。

「つまりその男は椅子から離れて両手に手錠がかけられたまま室内を移動したんだな。だとすれば物音はしなかったのか？　当時の住民の騒ぎの程度によっちゃ聞こえなかったのかもしれねえが」

「いや、それでも椅子が壊れるような音がすれば流石に気付いたはずだ。問題は火事が起きた後だ。あの時は私も慌てていたし、宿の内外が一層騒然として物音に気を払う余裕が無かった」

グレッグソンはまた無念そうに視線を落としたが、シャーロックは淡々と続ける。

「すると捕まった男が行動を起こしたのは火事が発生して以降って訳か。室内に凶器の類いは無かったか？」

「当然、尋問を始める前に精査した。元々その部屋は殺害された男が宿泊していた所だったから、何か隠しているんじゃないかと部屋の隅まで念入りに調べたんだ。だが凶器となるような物は一切出て来なかった」

グレッグソンは確信をもって言うが、シャーロックはまだ納得しない。

「明らかに殺傷力がありそうな物はだろ？　木製の椅子の肘掛けを破壊したってんなら、その残骸で鋭利な刃物の一つでも作れる。そうでなくても、床や壁の木材を千切ったりしても同様の凶器が出来上がるぜ」

「……どうやらお前は『犯人が火事の騒ぎに乗じて自殺した可能性』について論じているらしいな。だが仮に今お前が言ったような手口で被害者が鋭利な物体を手にして自殺を図ったとしても、普通は首を切ったりするはずで、背中まで貫通する程の力で自分を刺したというのは考えにくい」

筋道だった理屈に、シャーロックは同意しつつも違う角度から意見をぶつけてみる。

「しかし、例えば床や壁の木材が剝《は》がれかかって尖《とが》った状態になってて、動いている際についうっかりそこに背中をぶつけちまったってのはどうだ？　故意か事故かは不明だが、それが致命傷になったという考え方だ」

尚も犯人が単独で死亡したケースについて追及するシャーロック。それにはグレッグソンも敵意を忘れて考え込むが、首を横に振ってやんわりと否定する。

「それも、無いと思う。そうだとすると部屋のどこかに尖った木材や血の痕が残るが、鍵穴から覗き見た範囲においては、床や壁は綺麗《きれい》なままで血痕の類いは見当たらなかった。死体の周りに細かな血のようなものが飛び散って小さな血溜《ちだ》まりが出来ていたが、目立っ

た血痕と言えばそれだけだ」

「――それだけ？　背中が真っ赤に染まる程の出血だとしたら、そこら中に血が飛び散ってそうだが」

シャーロックが首を傾《かし》げると、グレッグソンもその不可解さに思い当たって眉を顰《ひそ》めた。

「よくよく考えれば奇妙だな。凶器が刺さったまま傷を塞いでいる様子も無かったし……貧血気味だったのか？」

「………………」

冗談か天然か判別不能な発言を繰り出すグレッグソンに対して、シャーロックは思案深げに口を閉ざす。

すると傍聴に徹していたレストレードも意見を述べる。

「話を聞く限りでは『自殺や事故ではない』と考えるべきだろうな。ならば死を偽装した可能性はどうだ？　もう一人の逃亡犯がタイミングを見計らって火事を起こし、捕まった方は死んだ振りをしてから警官が消えるのを待って脱出するというものだ。扉の前に倒れていたのも、わざとグレッグソンに目撃させるのが狙いだった。血は赤い塗料でも使用すればいい」

その説にはシャーロックが異論を唱える。

「悪くない説だが、その塗料をどう用意したのかが疑問だし、そうだとしても犯人は建物から逃げたはずだ。だが宿の周りは警官が固めてたんだよな？」

聞かれたグレッグソンは不機嫌面で答える。

「お前に同意するのは気に食わんが……確かに、捕らえた男が出て来たという報告は受けていない」

シャーロックは焼け落ちた残骸を見る。

「じゃあ脱走はしていなくて、十中八九、捕まえた逃亡犯は今も焼け焦げたままおねんねだろうな。一応聞いとくが、部屋に隠し通路的なのは無かったか？」

グレッグソンは呆れたような笑い声を零《こぼ》す。

「ある訳無いだろう。秘密基地じゃあるまいし。それに部屋は綿密にチェックしたんだ。万が一にも抜け道があったら気付いていた」

「抜け道なら、壁や床を壊すという手もあるんじゃないか？」

レストレードの言葉にグレッグソンは一瞬だけ考え込むが、やんわりと首を横に振った。

「確かにあの宿は古い上に碌《ろく》に補修もされてなかったようで、壁や床が所々腐っていくつか小さな穴すら空いている箇所も見受けられました。時間をかければ力尽くで壊すのは可能ではあったでしょう。それでも椅子と同様に、壁や床板を剝がす音がすれば部屋の前に

いた私が気付いたはずですし、私が去った後に作業を始めたのでは抜け穴が完成する前に焼け死んでしまうでしょう」

「……なるほどな。火の回りも相当速かったようだし、即席で抜け道を作るのは無理という訳か」

部下の話にレストレードが納得すると、シャーロックはパンと手を叩《たた》く。

「てな訳で『死んだ振りして脱走』説も無し。焼け跡を調査しないと分からない部分もあるが、現時点では消去法的にも『密室内で殺された』って結論で支障は無いだろう」

様々な情報を加味してシャーロックが断言すると、レストレードも賛同する。

「ならばやはりもう一人の逃亡犯を捜すべきだな。しかし火事が発生して長い時間が経《た》ってる。この間に逃げてしまったんじゃないか?」

「それなんですが、警部。一つだけ朗報があります」

グレッグソンが得意げになって語る。

「もう一人の逃亡犯は『顔に火傷跡』があるのが分かっています。そして実は火事の際に宿から脱出した客の中に、顔に火傷をした男が三人いたのです」

「本当か?　……だが、それは火事に巻き込まれただけの一般人じゃないのか?」

訝《いぶか》しげにするレストレードに、シャーロックが素早く答える。

「そうとは限らないぜ。火事の前後に宿を出入りする奴はいなかったんだから、必然的に火を着けた犯人は宿の中にいた事になる。……って伝えたかったんだろ、警部補さん？」

「……ああ」

解説役を横取りされ、つまらなそうにグレッグソンは応答した。

探偵を邪険にする警部補と、そんな嫌悪すら楽しむ探偵本人。相変わらずのやり取りに苦笑しつつもレストレードが言う。

「ならば、その三人と会って話をすべきだな」

「はい。彼らは別の場所に集めていますので……ん？」

グレッグソンが警部を案内しようとすると、いきなり顔をしかめた。現場周辺に集まった人々が再び騒ぎ始めたのだ。

「おい、クソ市警《ヤード》！　そこら中、煤《すす》だらけで迷惑なんだよ！」

「この火もお前らが着けたものじゃねえのか、おい！」

「こんだけの事やらかしたんだ、ただで帰れると思うなよ！」

消火が一段落して徐々に警察への怒りが再燃したのだろう、貧民街の住民が口々に文句を発する。口汚い罵声が一カ所から放たれると他の場所からも連鎖的に不満が爆発していき、瞬く間にレストレードたちは嵐のような怒号の渦中に立たされた。

俄《にわか》に緊張が高まり、レストレードも緊迫した顔付きになる。

「マズいな。我々は犯人を追ってきただけと説明して住民たちを落ち着かせなければ」

「無駄だ。警察が来て苛立《いらだ》ってたところに、あの火事だ。連中が怒り狂うには十分だ」

冷静なシャーロックの分析に、グレッグソンが焦燥の滲《にじ》む声を返す。

「なら、どうしろというんだ。このままでは衝突が起きてしまうぞ」

シャーロックはやはり冷静に答えを出した。

「解決策は単純明快。さっさと真犯人を見つけちまえばいい。原因がはっきりすりゃ、あいつらも大人しくなるだろうさ。最初とやる事は変わらねえ。設けられた制限時間が目に見える形になって現れたってだけだ」

「……住民が怒りの沸点を迎えるまでがリミットか」

やるべき事を即座に理解すると、レストレードは一つ大きく息を吐いて気合いを入れ直す。

「グレッグソン。ホームズを容疑者たちの下へ連れて行け。俺は他の警官と一緒に住民たちを宥《なだ》めに行く。彼らの怒りを抑えている間に二人で事件を解決してくれ」

「「え」」

彼の指示にシャーロックとグレッグソンは綺麗に声を揃《そろ》えた。そして互いに顔を見合わ

せると、シャーロックの方が少し視線を落として考え込み、そしてふうと細く息を吐いた。

「そう来たか」

「おい、何か色々と考えて諦めた感じが見え見えだぞ」

グレッグソンが不満げにシャーロックを睨《にら》み付けると、レストレードが二人の肩に手を置いた。

「よし。二人共、任せたぞ」

彼はそれだけを力強く言い残して颯爽《さっそう》と住民たちの下へ去っていく。全てはお前たちに託したと雄弁に告げる警部の背中をシャーロックは諦観に満ちた眼差《まなざ》しで見つめていた。

「面倒な事態になったな」

「ん？　それはこの事件の事か？　それとも私と行動する事に関してか？」

「いやいや、なかなか珍妙な〝謎〟になったって意味だよ」

ポツリと呟いた愚痴を耳聡《みみざと》く聞き付けたグレッグソンをシャーロックは適当な言葉でいなした。

『頑張れ、シャーロック！』

厄介な人物とコンビを組まされてやや憂鬱な気分となるシャーロックの頭の中で、ジョンの声援が響いた気がした。

「お前と組まされるのは不本意だが、とにかく迅速に解決する他ない。日々王都の犯罪と戦う私の手腕を発揮する時だ」

「毎度思うんだが、お前のその自信ってどっから来てんだ?」

肩を怒らせて進むグレッグソンの後ろで半眼になるシャーロック。するとグレッグソンが後ろを振り返った。

「おい、警部がお呼びになったからそんなでかい態度を取っているんだろうが、これは失態を犯した私自ら責任を取るべき事案だ。余計な口出しはするんじゃないぞ」

「分かった分かった」

お馴染《なじ》み過ぎる警部補の人柄にシャーロックは寧《むし》ろ安堵《あんど》感すら覚える。加えて警察としての誇りが表れている言動にも好感は持てる。

「そういや、尋問では本当に何も聞き出せなかったのか?」

シャーロックが聞くと、グレッグソンは歩調も緩めずに答える。

「何も、という訳ではないがな。あの潜伏先に来るまでの経緯までは語ったが、肝心なもう一人の居場所については頑として口にしなかった」

「宿に来るまでの経緯?」

「あの男とその仲間は、脱走以後、二人で貧民街の中を転々としていたらしい。どこかに隠れ潜んでもすぐに近所を警察が嗅ぎ回っているという話を知り、すぐに逃げて別の隠れ家を探す、という日々を過ごしていたようだ。そして行き着いたのがあの宿だった」

「つまり警察はこれまでもある程度そいつらの居場所を追跡できてはいたのか？」

その問いにグレッグソンは不機嫌そうに鼻を鳴らした。

「いいや。情けない話だが、警察はこれまで奴らの足取りを一切掴めないでいた。今回のタレコミが唯一の情報だ。つまり奴らは警察が来るという噂《うわさ》に振り回されていただけだったんだよ」

「…………」

グレッグソンは逃亡犯たちの震える日々の気の毒さを語っているようだが、シャーロックは違った。

偽の情報に動かされ特定の場所に辿《たど》り着き、そこを狙い澄ましたかのように警察に情報が入る。とても偶然では片付けきれない話に、探偵の勘が告げる。

――この件には〝犯罪卿〟が絡んでいるのか？　だが、そうだとすると何の為に？

意外な人物の関与の可能性が浮上し、その理由について考え始める彼だったが、納得のいく解答の出ない内に二人は火災現場からほど近い別の宿の前に到着した。

「さて、ここの一階に容疑者を集めている。静かにしていろよ」

「はいはい」

一旦思考を切り替えたシャーロックが生返事をすると、グレッグソンは不機嫌面もそのままに中に入った。

宿の一階には、複数の警官と顔に包帯を巻いた三人の男、そして腕を組んで仁王立ちする背の高い中年女性がいた。

一同を見渡すと、グレッグソンは一つ咳払《せきばら》いをして声高に告げる。

「さて、無駄な前置きは省いて言わせて貰う。——犯人はこの中にいる」

「…………」

だが、反応を示す者は一人もいない。彼は事実を言っただけなのだが、いきなり入ってきてその宣告は唐突過ぎたらしい。

勇ましく言い放ったのが少し恥ずかしくなったのか、グレッグソンはまた咳払いを一つして場を仕切り直しにかかる。

「……し、慎重に議論を重ねた末にその結論に達したのだ。まずはここに集められた三人の包帯男から話を伺おうと思う」

「——ちょっと、警部補さん！　その前にあたしに言う事があるんじゃないかい？」

「む？」

中年女性が一歩進んで声を張り上げたので、グレッグソンはそちらを向く。

「あんたは確か、安宿の主人だな」

「焼け落ちた宿のね！　名はヒラリー・ウィーバーさ、覚えておきな。いずれあんたらに高い修繕費を請求する被害者の名だよ」

呪文を唱える魔女のように甲高い声で訴えられると、グレッグソンは一歩たじろいだ。

「なっ……何故我々が損害賠償を支払わねばならんのだ!?」

「当然さね。あんたらが来たからあたしの宿は消えちまったんだ」

「言い掛かりだ！　悪いのは放火した奴で、我々は無関係だ！」

「何言ってんだい。あんたらが切っ掛けになったのは間違いないんだ。つべこべ言わずにあの癒やしの場を返しな！」

「あんなオンボロ宿のどこが癒やしだ！　まだ藁《わら》に埋もれた方が快適だぞ！　部屋で尋問していた時も床の軋む音が酷《ひど》くて、いつか抜け落ちるのではとヒヤヒヤしたんだ！」

「あんな大勢で入るからじゃないか！　定員ってもんを考えな！」

「たった数人で限界を迎える部屋があるか！」

「…………」

グレッグソンと女主人ヒラリーが的外れな舌戦を繰り広げる最中、シャーロックは三人の容疑者を注視する。

顔の左半分を包帯で覆った、長袖を腕捲《うでまく》りしている筋肉質の男。

顔の下半分から首元にかけて包帯を巻いた、半袖で細身の青年。

顔全体が包帯に覆われている、分厚いコートを着た年齢不詳の背の高い男。

三者三様の外見に探偵が持ち前の観察力を働かせていると、グレッグソンは警官に指示を出してヒラリーを下がらせ、無理矢理口論を打ち切る。

「……クソ、なかなか口の回る主人だ。無駄なエネルギーを使ってしまった」

肩で息をする警部補に、シャーロックが冷ややかな笑みを向ける。

「トークショウが終わったなら、さっさと事情聴取と行こうぜ。時間が勿体《もったい》ない」

「分かっているわ！　……では、そこのがたいの良い男から順に話を聞こう」

彼はまず、筋肉質の男と相対する。

「名前と、宿泊していた部屋と、火事が起きた際に何をしていたか聞かせろ」

「俺はマイク・マイヤーズだ。二階二〇三号室に泊まっていた。火事が起きた時は部屋で本を読んでいたよ。好きな作家だったが、荷物ごと全部燃えちまった」

外見通りの野太い声で男は答える。

グレッグソンは情報をメモ帳に書き記すと、次に移る。

「続いて、華奢《きゃしゃ》な体格の君」

警部補に言われ、細身の青年はビクンと背筋を伸ばした。

「は、はい。えっと、僕はブルーノ・キャンベルって言います。部屋は……三階の三〇一号室です。火事の時は、その……直前まで寝てました。すいません」

「別に謝る必要は無い。次」

グレッグソンは最後の男と向き合う。

「……ジェリー・ドーフ。一〇一号室。部屋で寝ていました」

ジェリーと名乗った男はボソボソとした声で最低限の言葉だけを零した。

「一〇一……一階か。すると三人は丁度別々の階に部屋を借りていたんだな」

部屋割りを確認すると、グレッグソンはメモ帳に手早く宿の見取り図を描いていく。

彼の図によれば、一階受付の隣に階段があり、その奥に部屋が三つ並んで受付に近い順に一〇一、一〇二、一〇三の番号を振られ、その更に奥にもう一つ階段がある。それが三層に重なっているという、シンプルな構造だ。

受付、手前の階段、三つ並んだ部屋、奥の階段。部屋は全て入り口が南側で窓が北側。

メモをちゃっかり覗き見ていたシャーロックはその図を記憶し、三人の容疑者がいた位置

のか?」

「貴様らは火災発生時は全員自室にいたらしいが、それ以前からずっと部屋にいたのか?」

グレッグソンが問うと、マイクが答えた。

「あんたらが宿に踏み込んでからは一歩も部屋の外に出てねえよ。だってこないだのデパート事件の犯人が潜んでたんだろ? 下手に動き回って疑われちゃ堪《たま》んねえ」

「ぼ、僕も同じで、なるべく身動きしないようにしていました」

「私もです」

マイクの言葉に、気弱そうな青年ブルーノと寡黙なジェリーも同意する。

「宿どころか部屋の外にも出ていない、か。——それは確かなんだろうな?」

グレッグソンは傍にいた警官の一人に尋ねた。警官は「はい」と元気良く返事をする。

「当初は私が三階三〇三号室の前で、他二名がそれぞれ一階と二階の廊下を見張っていましたが、部屋を出入りする者は誰一人いませんでした」

横で話を聞いていたシャーロックは警官とグレッグソンを交互に指差す。

「じゃあ尋問を休憩した時、あんたとグレッグソンは部屋の見張り役を交代したんだな」

「その通りです」

「おい、ホームズ。口を挟むなと言ったろ」

文句を言うグレッグソンは無視して、シャーロックは一つの結論を出す。

「すると尋問中に人の移動は無かった、と。その後の休憩中は男が部屋に一人残されたが、不審な物音が無かった以上、室内で何らかの動きがあったとは考えにくい。となると、犯人が行動を起こしたのはやはり火事が起きた後か」

「だ、だから許可無く話を進めるな」

「……そういうやり取りは時間の無駄だから。んで、さっきの話によるとお前は火事が起きるまでは部屋の前にいたらしいが、火事の後もずっと見張りをしてたのか？」

シャーロックに聞かれ、グレッグソンも渋々当時の自分の行動について話す。

「……いや、火事の知らせがあった時、一度受付に近い方の階段で様子を見に行った。一階が見える位置まで降りると既に一階廊下全体に火が回っているのが見えたので、急いで大声で避難指示を出しつつ三階まで戻り、捕まえた男を避難させようとしたんだ」

「避難指示は一部屋ずつ回って出したのか？」

「そこまでは時間的に無理だ。階段を戻りながら各階の廊下で大声で叫ぶのが精々だ」

「そうか。ちなみに火元がどこかは分かってるのか？」

それには横に立っていた警官の一人が答えた。

「自分は当時外にいたのですが、あの時は一階北側の外壁部分がいきなり出火しました。火が着けられた瞬間を目撃した訳ではありませんが」

「……おい」

憎き探偵に易々《やすやす》と情報を与える警官をグレッグソンが一睨みするが、やはりシャーロックはどこ吹く風といった調子で続ける。

「でも当時は住民が集まって宿を取り囲んでいたんだろ？　詳しい状況を見た奴はいなかったのか？」

「宿の周囲にいた人々はかなりの人数だったので、全員に聞き込みが出来た訳ではないのですが……何者かが着火したという目撃情報はありませんでした」

テキパキと応じる警官に不愉快そうな視線を投げつつも、グレッグソンは首を捻《ひね》る。

「ならば時間が経てば自動で発火する仕掛けでも施していたというのか？」

それにシャーロックが付け加える。

「それもあるだろうが、別に自動じゃなくても燃えやすい油を前もって撒《ま》いておくとか、窓からこっそり壁を伝うような形で流せば、後はマッチの燃えカスなんかのごく小さな火種を窓から投げるだけで人目に付かずに着火できる。燃え始めたのは北側の壁なんだよな？」

「はい。全ての部屋の窓が並ぶ側です」

返答を受けてシャーロックは三人の男を眺めた。

「そんじゃ、放火自体は全員が可能だった訳だ。だがそこから先の『誰にも気付かれず三階三〇三号室の仲間を殺し密室を作る』、その手口が問題だ」

「…………」

ある意味今件で最大の〝謎〟に、グレッグソンを含めた警官全員が沈黙する。シャーロックもまたその状況下でどのようにして事を成すかについて熟考した。

『――おい、シャーロック。俺はこう考えるんだが……』

長い静寂の中、シャーロックの脳裏に相棒の声が響く。

『部屋を見張っていたグレッグソン警部補は火事の時に一階付近まで降りていったんだろ。その間は三階の廊下は無人だったはずだ。すると三階にいたブルーノ君が一番怪しい。……待てよ。二階にいたマイクさんも奥の階段を使えばグレッグソンさんとすれ違う事なく三階に行けるし、そもそも一階の部屋にいたジェリーさんは一番火を着けやすい位置にいたとも言える。……あれ、何だか全員怪しく思えてきたぞ』

自分の意見にこんがらかるジョンの姿が容易に想像できて、シャーロックはそっと口元で笑みを形作る。

するとそんな彼に、グレッグソンが不敵な笑みと共に語りかけてきた。

「おい、ホームズ。私が一階付近まで降りたなら、三階廊下は無人になったはず。ならば三階にいたブルーノが一番怪しいぞ。ふふ、やはりこの件にお前など必要が……む、待てよ。二階のマイクも私が使用したのとは別の階段を使えば気付かれずに三階に行けるな。だが一階のジェリーも火事を起こしやすい位置の部屋だ。……クソ、これでは絞り込めないか」

「………」

奇《く》しくも、または不幸にも似通った推理を披露する警部補によって、ジョンの顔が掻《か》き消されてしまう。

するとと容疑者の一人であるマイクが意見を述べた。

「なあ、確かに理屈の上じゃ俺らの誰でも被害者がいた部屋の前に行けるだろうさ。けど、そこは鍵が閉まってたんだろ?」

「と、扉越しに撃ったり刺したり、という手もありますけど、話を聞いてるとそんな痕跡は無かったようですね。こ、殺した後に部屋の鍵を外から閉めたんでしょうか?」

ブルーノも意見を出すが、それにマイクが疑問を呈する。

「火事で全部焼けちまうのにそんな真似《まね》する意味あるか?」

「な、なら、犯人は扉を開けた時に襲いかかったけど、ひ、被害者の方が身を守る為に咄《とっ》嗟《さ》に扉を閉めたとしたら？」

「ああ、それは有るかもな。んで、襲われた時の傷が致命傷になって、結果的に密室殺人ぽくなった。それなりに筋は通ってるぜ。なあ、あんたはどう思う？」

「……分かりません」

マイクの言葉を発端にして容疑者たちが忌《き》憚《たん》のない意見を交わし始める。その様子をシャーロックは興味深げに聞いていたが、グレッグソンには不愉快らしい。

「おい、勝手に話をするんじゃない。それはこれから我々が検討する事柄だ。そもそも刺殺か射殺かも判然としないのに……」

彼の言葉を受けて、シャーロックが聞いた。

「仮に犯行が銃によるものだとしたら発砲音がしたかもな。ちょっと工夫すりゃ銃声も抑えられるが……誰か妙な音とか聞かなかったか？」

偶然シャーロックと目が合ったブルーノが答える。

「僕は、外から『火事だ』と叫ぶ声がして、と、飛び起きたから、その後の事しか記憶に無いですが……そうですね。内外で人々が騒いでた中で、一、二回何かが破裂するような音を聞いた気がします」

気弱な青年が重要な証言をするが、それは筋肉質の男に否定される。

「そうか？　俺はずっと起きてたがそんな音は聞かなかったぞ？」

普通の佇まいでも威圧感のあるマイクに対して、ブルーノも萎縮してしまう。

「で、ですよね。きっと木材が焼けて爆《は》ぜただけかもしれません」

「……私はどちらとも言えません。何せ皆が混乱して騒然としてたので」

ジェリーも曖昧な証言をすると、グレッグソンは苛立たしげに頭を掻いた。

「発砲音についても不明とは、有力な情報を何一つ得てない気がするな」

「けどよ、もし殺人犯が三〇三号室で発砲したなら同じ階のブルーノは聞こえたかもな。本人ははっきりしてないが」

「……そんな事は言われんでも分かってる」

「確かにって顔してた癖に」

グレッグソンにちょっかいを入れると、シャーロックは容疑者たちに重ねて問う。

「あんたらは今、痛ましく包帯を巻いてるけど、それはさっきの火事によるものか？」

「ああ。逃げる途中で炙《あぶ》られちまった。命に別状は無いらしいけどな」

「僕も、一階に降りたら既に火が回っていて、それで、逃げようとしたら転んでしまって……倒れた所が運悪く燃えてて、首の辺りを火傷しました」

負傷の経緯について説明する二人に対し、一人だけが少し俯《うつむ》いて沈黙を保っている。当然、探偵は探りを入れる。

「ジェリーさん。あんたは違うのか？」

ジェリーは顔を上げてシャーロックの目を見る。そして少し逡巡《しゅんじゅん》しながらも、ポツリと呟いた。

「……これは昔事故に遭った時に負ったものです。火事とは関係ありません」

端的に伝えると、彼は厚手のコートをかき寄せて口元を隠してしまう。それにグレッグソンが不審を示した。

「さっきから思ってたが、お前だけやけに発言を控えているような印象があるぞ。まるで事件そのものと関わりたくないような感じだ」

同じ印象はシャーロックも感じ取っていた。独自に推理までした他の二人とは異なり、この男は自分の情報を隠したがっているように見えたのだ。

探偵と警部補に注目されながらも、やはりジェリーは声量を抑えて弁明する。

「他人にあれこれ詮索されるのが好きじゃないんです。ですが、それは私個人の事情に起因するもので、この事件とは関係ありません」

「どうだかな。もしかして重要な証拠を隠し持っているんじゃないか？」

「…………」

グレッグソンの追及に、ジェリーは意図の読めない無言を貫く。

明らかに不審な言動だったが、シャーロックの勘ではジェリーは決して嘘は言っていないように思えた。聞かれた事にはきちんと回答しているし、警察に対する敵意のようなものも感じない。

しかしグレッグソンはそういった振る舞いを誤った方向で解釈しがちだ。なので彼が無用な勘繰りをする前にシャーロックは話を別の方向に逸《そ》らすべく、奥で大人しくしている女主人に声をかける。

「なあ、女主人さんよ。あんたは普段宿のどこにいるんだ？」

「……いつの間にかお前が取り調べを仕切ってるな」

探偵に主導権を握られてグレッグソンは釈然としない様子だが、もう注意する気は無いようだ。

ヒラリーはふんと鼻を鳴らして答えた。

「あたしは四六時中、受付にいるよ。あの宿はあたしが一人で切り盛りしてて、従業員なんて一人も雇ってないのさ」

「なら、この三人が宿に部屋を借りに来た時の事は覚えてるか？　というか、その時に顔

に火傷の跡があった奴はいたか？」

シャーロックは事件を離れて逃亡犯の目撃情報があるか確かめたのだが、それにはグレッグソンが小声で答える。

「ホームズ。お前は恐らく『顔に火傷の跡』があった人物がいたか確認しているんだろうが、無駄だ。我々も現場到着時あの女主人に聞いたんだが、客のプライバシーを守るとかいう謎のポリシーのおかげで客の人相など碌に確認していない」

彼の囁《ささや》きを聞き取ったのか、ヒラリーは開き直るように言った。

「ここら辺は脛《すね》に傷を持つ連中ばかりだからね。金のやり取りはちゃんとするけど、顔をマジマジと見たりするような無粋な真似はしないさ」

「無粋ねえ……」

流石のシャーロックもこれには苦笑を禁じ得ない。貧民街の不文律なのかは知らないが、彼女の対応は少々不用心に過ぎる。

しかし今更そこを責めても得る物は無い。シャーロックは話を進める。

「じゃあ、火事が起きた時も受付にいたんだな？」

「そうだよ。火が収まるまではそこにいたかったんだが、最後の最後で警官の連中に引っ張り出されちまった」

何と彼女は自分の宿との心中すら厭《いと》わない豪胆な精神の持ち主らしい。これに関しては感嘆の念に近いものを抱きながら、シャーロックは容疑者たちを見回す。

「最後の最後って事は、あんたは他の客が出てくまで受付に残ってたんだな？」

「そうさね。主人として客の無事は確認しないといけないからね。こいつらの他にも一階一〇二号室と二階の二〇一号室の客がちゃんと出入り口から逃げたのを見たよ」

「あんたはホストの鑑《かがみ》だな」

シャーロックは脳内で今の客の部屋情報を加える。

殺害された男を除いて当時の客数は計五人。

一階の一〇一号室（ジェリー・ドーフ）と一〇二号室。

二階の二〇一号室と二〇三号室（マイク・マイヤーズ）。

三階の三〇一号室（ブルーノ・キャンベル）。

各々の配置を纏《まと》めていると、主人は続けた。

「そうそう、さっき誰もが三階に上がる機会があったとか話してたけどね。そこのジェリーさんは外すべきだよ。何故ならその人は火事が起きてすぐに外に逃げていっちまったからね。あれは絵に描いたような慌てようだったよ」

「へえ。この男が慌てて、か」

別に他人がどのような逃げ方をしようが自由なのだが、ジェリーの寡黙でミステリアスな雰囲気との落差にシャーロックもつい片頰を緩ませてしまう。その反応にジェリーも妙に恥ずかしくなったのか、ゴホンとわざとらしい咳をした。

そこでシャーロックはグレッグソンに聞いた。

「そういや、お前は下に様子を見に行って三階に戻る時に誰かとすれ違ったりしたか？　急いで逃げた奴もいただろう」

「それは覚えているぞ。三階のブルーノと二階のマイク、そしてもう一人別の客と階段ですれ違った。だが、それが何か重要か？」

「仮にその中に殺人犯がいたとすると、お前が様子を見に行ってから三階に戻るまでの僅かな時間に男を殺した事になる」

シャーロックの考えに、グレッグソンが唸《うな》った。

「……流石にそれは時間が短過ぎる気がするな。下から三階までの往復時間は実質三〇秒も無かった。じゃあ、つまり……」

容疑者の位置関係。逃走経路。被害者を殺害するまでの時間。関係者たちへの細かい聞き取りで得たそれらの要素を総合すると、自《おの》ずと一つの答えが浮上する。

「――『三階に赴いて男を殺す』のは不可能だ」

シャーロックが審判を下すように告げると、グレッグソンはいよいよ頭を抱え込んでしまう。まるで探偵の助手がそうするように。

『それなら、どうやって部屋にいた男を殺害したんだ？』

「な、ならば、あの部屋にいた男をどうやって殺害したんだ……？」

またしても想像上のジョンとグレッグソンが重なった。理論上、攻略不能と化してしまった〝謎〟に警部補は苦悶《くもん》に等しい懊悩《おうのう》を抱いている。

だが、それは常人に限っての話。

特異にして超絶の推理力を有する『諮問探偵《コンサルティングディテクティブ》』は、既にこの事件における解答を二つにまで絞っていた。

正直、今すぐ解決編へと進める事も可能だ。だがどういう訳か気が乗らない。きっと、こうして真相究明の為、懸命に頭脳を働かせる一人の男の姿を見たからだろう。

シャーロック・ホームズは苦悩するグレッグソンの背中に手を置く。

「グレッグソン、ちょっといいか？」

「……何だ？」

グレッグソンは疲弊しきった顔で応答する。だがそれは彼なりの責任感から生じる消耗だ。流石のシャーロックも茶化すような真似はしない。

探偵は、警部補としての使命を担う彼にある計らいをしようと決めた。

「少し外で話したい」

「………」

シャーロックが真剣な口調で言うと、グレッグソンも抵抗はしなかった。


宿の外に出ると、ぞわりと剣呑《けんのん》な圧迫感が彼らを襲った。明らかに貧民街の住民の怒気が増している。レストレードも全力で交渉に挑み彼らの感情を宥めているのだろうが、この様子ではそう遠くない内に人々の不満が爆発するだろう。

しかしシャーロックはそんな一刻を争う状況の中でも飄々《ひょうひょう》としていた。汚物があちこちにこびり付く街路の上で、彼はまるで世間話でもするかのような調子で話し出す。

「まず、さっきの話で三〇三号室に行って殺したって線は消えたよな。だったら、別の方向で考えるべきだ」

「別の方向？」

「つまり扉側から襲ったんじゃなくて、窓の方から攻撃したって考えだ」

シャーロックは最初に想定していた『窓の外から射殺』説を提唱する。これなら密室が作られた〝謎〟についてはさておき、わざわざ三階に向かわなくても被害者を殺害できる。

しかしグレッグソンは呆れたように肩を竦《すく》めながら淡々と説明する。

「ご自慢の推理を否定するようだが、それも調査済みだ。まずその手段には宿で火事を起こす奴と外から銃で撃つ奴で二人必要だが、仲違いや口封じの為にもう一人協力者を雇い入れるのは危険度が増すだろう。それに銃殺なら狙撃手は被害者と同じ高さから撃つ必要がある。あの宿の北側には、一つ街路を挟んで娼館《しょうかん》が建っている。三階立てで条件は整っているが、事件当時は三階にも人がいて、誰かが銃を撃ったという証言は無い。よって、その説も却下だ」

彼には珍しく、シャーロックに対して刺々《とげとげ》しい態度は出さずに論じる。だがシャーロックは食い下がった。

「だったら――」

『だったら、こういうのはどうだ。シャーロック』

シャーロックの脳内では相棒の声がこだましていた。今探偵は、あえて助手になったつもりで警部補にアイデアを出していた。

「宿の下の街路から、三〇三号室の窓に向けて銃を撃つ。これなら娼館の奴らに見咎《みとが》められないだろうぜ」

「……陳腐な発想だな。宿の外には警官がいたし、外で銃を構える奴がいたらとっくに逮

捕してる。それに被害者は扉から一歩分の位置に倒れてたんだぞ。窓から撃たれたなら窓際に倒れてるはずだ。仮に窓際で撃たれた男が、最後の力を振り絞って扉の前まで来たとしても、あれ程の出血なら窓から血の跡が続いてないとおかしい。先刻も述べたが、鍵穴から覗いた限りではそのような跡は見受けられなかった」

警部補に淡々と論破されると、シャーロックもジョンがいつもするように困り顔をしてみせる。――この時点でシャーロックは二つの予想の内一つを潰し、今回の事件の〝謎〟を完全に解き明かしていた。

「そうか。だったら完全にお手上げだな」

「ふん、さっきからどうした、貴様。……らしくもない推論ばかり挙げて」

ふと彼が内心で探偵の力を認めていた事が垣間《かいま》見える言葉に、シャーロックもつい微笑んでしまった。

だがすぐに愚者を演じるべく困惑を顔に貼り付けると、彼は頭の後ろで両手を組んで天を見上げた。

「なあ、グレッグソン。どうやら話し合ってても埒が明かないし、気分転換にクイズでもどうだ？」

「はあ？　わざわざ外にまで連れ出した挙げ句、クイズだと？」

唐突な提案にグレッグソンは眉根を寄せるが、シャーロックは構わず語り出した。

「あるところにA君とB君という、二人の仲の良い子供がいた。ある日彼らは二〇歩分離れた距離でキャッチボールをする事にした。だがA君からB君へボールを投げる事は出来るが、B君からA君へ投げ返す事が出来ない。それは何故だ？　一応言っておくと、二人の投げる力は全く同じだ」

「……むむ」

クイズの内容を聞いたグレッグソンは、文句も忘れて考え込む。

「B君は肩を壊していた？」

「こういうクイズでそんな発想はナンセンスだろ」

「二人の間には高い壁があった」

「だったらA君側からも投げられないよな」

「……C君が突然現れてボールを奪い取った」

「お前、少し投げやりになってねえ？」

意図の読めない問答が始まった事に加えて、その答えを全て否定され、グレッグソンもとうとう声を荒らげた。

「ええい！　ならば答えは何だと言うんだ！　それにこんなクイズに何の意味がある!?」

「まあまあ、じゃあヒントをやるよ。例えば、この建物を見てみな」

「むむ……」

苦情を軽やかに受け流しながらシャーロックが今彼らが出て来た宿を指差した。偶然にもこの宿も焼け落ちた宿と同じ三階建てだ。

「この宿が何なんだ？」

「いや、相変わらず鈍いな。ほら……」

シャーロックは伸ばした指の先を、上の階の窓から下の階の窓へと上下させる。

その動きを見て、グレッグソンも答えに行き着いたらしい。

「そうか。子供たちは建物の上階の窓と下階の窓からそれぞれ身体を乗り出してボールを投げたのか。上から下にボールは投げられても、下から上に投げるのは難しい。つまり二〇歩分の距離とは横ではなく縦の事で――」

そこでグレッグソンは身体に電気が走ったかのようにピクリと反応し、そのまま顎に手を添えて熟考を始める。身動き一つしないまま、唇だけが小さな声で手掛かりとなる要素を紡ぎ出していく。

「一つだけ方法が……三階に行かずとも殺害できる……それならあの死体の位置も……最後に密室となって………けどそんな奇想天外な手口、有り得るのか？」

彼が最後に出した疑問の言葉に、シャーロックがにやりと笑って私見を述べる。

「お前が何を考えてるか俺には皆目見当も付かねえが……あらゆる可能性を排除して最後に残ったものは、どんなに有り得なそうでも真実なんだぜ」

「………！」

グレッグソンはそう言って堂々と佇む探偵を見た。

どんなに有り得なそうでも、最後に残った答えこそが真実。

それは彼が常日頃から主張している考えだ。

自殺や事故。死の偽装。部屋を訪れての殺害。窓の外からの狙撃。あらゆる道筋を丁寧に探っていった結果、その解答だけが残された。

ならば、それこそが真実なのだろう。

もしかして、この男は自分をここに導く為にあんな会話を……？

「……ふん」

そこまで考えたところで、グレッグソン警部補は普段通りの傲岸な態度を取り戻す。探偵を目の敵にする警官の態度を。

「行くぞ、ホームズ。私の推理を聞かせてやる」

——これは、私の事件だ。

そう誇らしげに言う彼の背中に、シャーロックも笑みを零した。

「――〝謎〟は全て解けた」

宿の中に戻ると、開口一番グレッグソンは高らかに宣言した。

前回と同様、容疑者や警官たちは神妙な面持ちになるだけで一言も発さないが、そんな戸惑いと沈黙はグレッグソンも織り込み済みである。なので彼はお構いなしに話し始める。

「さっきまで悩み果ててた癖に何をいきなりと思うだろうが、外で考えを纏めている時にこの解答を閃《ひらめ》いた。なので今少しの間、その静寂を保ったまま傾聴願おう」

厳然とした口調で言うと、グレッグソンは室内をうろつき出す。

「今回の事件は、我々警察が逃亡犯の一人をあの宿で捕らえたものの、尋問している間に殺害されてしまい、宿まで火事に見舞われ消えてしまったという流れだ」

「情けない事にね」

女主人が嘲笑《あざわら》うように言い放つが、グレッグソンは反論せずに冷静に続ける。

「……そして逃亡犯を殺害した人物を特定する事になったのだが、捜査を進めていくと被害者が置かれた状況が非常に厄介な事が分かってきた。まず私が直《じか》に見た死体の状態から自殺や事故ではないと断定し、次に火事を利用した脱走でもないと結論を下すと、最後に

他殺説が残された。だが関係者の証言から、被害者がいた部屋に直接出向いて殺害するというのは難しく、窓の外から撃たれたという考えも却下せざるを得なかった。つまり常識的な発想で浮かぶ解答が悉《ことごと》く否定されたのだ。私は手詰まりになってしまった」

正直な心境の吐露に、ブルーノが恐る恐る口を開く。

「……それじゃあ、これは迷宮入りって事ですか？」

「いいや、違う。先程も言ったが、ちゃんと答えは出ているのだ」

するとグレッグソンが声高に告げた。

「これは元々――『脱走計画』だったのだ」

「……へ？」

警部補の言葉にシャーロックを除いた一同から、素っ頓狂な反応が起きる。

一瞬だけ皆が唖然とした後、ブルーノが代表して疑問をぶつけた。

「いやいや、さっき貴方《あなた》は自分で『脱走』の可能性は無いって言ったじゃないですか」

「早まるな。私が言いたいのは、これは被害者にとっては脱走計画だったという事だ」

「……何だか意味が分からないね」

上手《うま》く理解できないでいるヒラリーから視線を切りつつ、グレッグソンは歩き続ける。

「あの宿に潜伏した時から計画を練っていたのか、それとも警官が来ると知って慌てて吹

き込んだのかは定かでないが、もう一人の逃亡犯は捕まった方に事前に『あの部屋には隠された抜け道がある』と伝えていた」

するとやはり女主人が厳《いか》つい語気で割って入る。

「何言ってんだい。抜け道だなんて、そんなけったいなもんある訳無いじゃないか。あその持ち主だったあたしが言うから間違いないよ」

「その通り。私も確認しているが、そんなものは無い。だが犯罪者が隠れ潜む貧民街では犯罪者に便宜を図る者も多く、いざという時に警察の手を免れる為の地下通路が張り巡らされていたりする。だから殺害された男もその話を信じた可能性は十分にある」

「…………」

これには散々苦情を申し立ててきたヒラリーも反論できなかった。過去の経歴について尋ねない自身の行動や扉を頑丈に作った事を、客たちが『犯罪者への協力』と受け取る事は否定できないからだ。

「細かい部分については推測するしかないが、とにかく捕らえられた方は話を信じた。そして仲間がタイミングを見計らって火事を起こし、男は部屋の中から鍵を閉めて誰も入れないようにしてから脱走するという手筈《てはず》となった。男も脱走できる勝算があったからこそ、我々の尋問に耐え抜いたのだ」

「取り調べ中に休憩を挟まず警官が部屋を離れない場合など所々穴はあるが、実際は逃亡犯たちの思惑通りに事が進んじまった。……ここの住民が警察に敵意を抱かなけりゃ、警官たちもあんな不用意な行動を取らずに済んだんだろうがな」

シャーロックが警察への弁護も加えて言い足した。それにグレッグソンは一拍だけ無言を挟んでから語り出す。

「そんな訳で、我々は部屋に男を一人だけ残して、直後に火事が起きた。捕まった男が待ちに待った瞬間だ。彼は急いで椅子の肘掛けを壊して移動し、部屋の鍵を閉め、前もって教えられた逃亡可能な『抜け道』がある所へ向かった」

「ちょ、ちょっと待って下さい」

慌てて青年ブルーノが話を中断させる。

「さっきから抜け道云々《うんぬん》の事をずっと話されてますけど……それと殺人がどう関係あるんですか？　逃げられなかっただけなら、部屋の中で生き残ってたはずですし、万が一にも脱走できたなら、そもそも彼の姿は消えてる訳で——」

立て板に水の如く疑問点を述べる青年を、グレッグソンが手をさっと振って黙らせる。

「さっきからお前は口出しが過ぎるぞ。こっちは懇切丁寧に順序立てて話をしているんだ。最後までちゃんと聞け」

「は、はあ……」

ブルーノが渋々口を閉じると、グレッグソンは話を再開する。

「どこまで話したっけか……ああ、男が抜け道へ向かったとこか。そこで、男は指示された場所に行ったんだ。そこはきっと男が倒れていた『扉から一歩の場所』だったのだろうな。一見すると何の変哲も無いボロ床だが、ここには自分の命運が掛かっている。何かあるのではと、当然男は四つん這《ば》いになって探り始めるだろう。椅子の拘束から逃れたのはここで手を使って調べる為だったのかもしれない」

そこまで話すと、丁度並んだ容疑者たちの前で立ち止まったグレッグソンが、指で銃の形を作り青年に向けて構えた。

「そこで、男の仲間は彼を撃ち殺した」

「……ええ？」

指先を向けられたブルーノは最早呆れたように眉を顰める。

「い、意味が分からないです。取りあえず彼の死因は銃殺って事を言いたいんでしょうけど、今のどのタイミングで犯人が出現したんですか？」

「勘違いするな、犯人は扉や窓からではなく……」

グレッグソンは青年に突き付けた指先を――上に向ける。

「——下から撃ったんだよ」

「へ？　……ああ！」

警官たち、女主人、青年は顔を驚愕の色に染める。これは二次元ではなく三次元の発想。横に三部屋並んだものが三階分。三階の端の部屋から真下に直線が一本延びる。警部補が導き出した事件の『構図』が聞く者全員の脳裏に形作られたのだ。

そんな彼らの反応を楽しむようにグレッグソンは笑みを浮かべる。

「殺害された男は床を這う体勢のまま下から射殺された。死体がうつ伏せで、おまけに部屋に余分な血痕が残っていなかったのはこれが理由だ。そして死体との位置関係からこのトリックが使えた人物はただ一人」

グレッグソンは手の銃の形を崩して、真犯人の男を指差した。

「犯人は二〇三号室にいたお前だ。マイク・マイヤーズ」

「なっ……！」

ずっと黙り込んでいた筋肉質の男は、呻《うめ》くような声と共に一歩後退《あとずさ》る。

「待て、そんなぶっ飛んだ手口、不可能だろ！」

「不可能ではない。宿の床は所々腐っていて、穴まで開いていた。銃弾など容易に貫通したはずだ」

「……いつか直そうと思ってたんだけどね。確かに、ちょっと威力のある銃ならぶち抜けただろうね」

　ヒラリーが弁解するように呟く。

「下からだってんなら、殺された男の位置をどうやって知るんだよ!?」

「それは今説明しただろう。火事発生時に『扉から一歩分の位置』で男は横になっている」

　間髪容れずにグレッグソンが言うが、マイクは必死の形相で否定する。

「それでも結論が荒唐無稽過ぎるぞ！　普通に考えて、密室で死んでたなら警察の尋問に耐えかねての自殺だろ！」

「それについても既に話したぞ。これは現場の状況から『自殺』や『事故』や『脱走』じゃない。歴《れっき》とした『殺人』だ。そしてあらゆる手段を考慮した結果、このトリックに行き着いたんだ。あらゆる可能性を排除していけば――」

と、そこでグレッグソンは言葉を切る。その台詞はあの探偵が使うべきもの。推理力だけでなく言葉まで借りてしまっては、互いの在り方を損ねてしまう。

「い、いや、俺は認めねえぞ！　所詮その手口はそうするのが可能だってだけだ！　ちゃんと証拠が無きゃ仮説の域を出ない！」

「……む」

ここで、淀《よど》みなく推理を披露していたグレッグソンが苦い反応を示す。

そもそもこの事件ではグレッグソン一人のささやかな目撃情報や周囲の人々の伝聞しか推理の材料が無く、彼らが語り合ってきた可能性は突き詰めれば単なる推論だ。揺るぎない物的証拠が存在しないという痛い部分を突かれ、警部補は反論の術《すべ》を失ってしまう。

それでも弱気な姿は見せまいとグレッグソンが無理に笑顔を作っていると、入り口付近に佇んでいたシャーロックが「うーん」と伸びを始める。

「……まあ、マイクの言う事ももっともだな。可能不可能で犯人にされちゃ堪ったもんじゃねえし」

それにマイクが同調する。

「だろ、だろ？　だから俺は殺してなんかいねえ」

「——でもよ」

シャーロックが、両手を天井に向けて伸ばしたまま告げる。

「グレッグソンの推理が正しけりゃ、マイクはこうやって天井に真っ直《す》ぐ腕を伸ばして銃を構えてた事になるよな。そして銃を撃つ。すると天井には何が残る？」

グレッグソンも釣られて天井を見上げる。

「何がって、銃で撃った穴が……」

またまたグレッグソンは身体中に電撃が走ったような感覚を覚える。これは最初にシャーロックに事件現場の状況を話していた時に気付かされた事だ。

「死体の周りには大きな血溜まりが出来てなかった。……それは死体の傷跡から出た血の多くが銃弾で穿たれた穴から下に流れ落ちたからだ。そしてそのまま血が下階まで垂れたとしたら……」

「！」

グレッグソンの言葉を聞いたマイクは咄嗟に自分の腕を後ろに隠した。しかし無駄な抵抗だった。これまた俊敏に飛び付いたグレッグソンがマイクの腕を取り、肘まで捲っていた長袖をさらに捲り上げた。

グレッグソンが摑む腕を見て、警官や周囲にいた関係者も瞠目する。

マイクの二の腕の裏側の部分に、縦に一筋、赤黒い血の跡が残っていたのだ。

「なるほど。伸ばした手に天井の穴から血が滴り落ち、それがこの位置まで垂れて固まったんだな」

「……クソ。肘の辺りまでは拭き取ったのに、その先まで残ってたとは」

マイクが腕を取られたまま、自白同然の台詞と共に悄然《しょうぜん》と肩を落とす。どうやら自分の

目からは死角になっていて、確認が取れなかったようだ。

「……よ、よし！　この血痕と今の証言が決め手になったぞ！　やはり私の推理は正しかった！　ハ、ハハハ……」

グレッグソンがぎこちない高笑いと共に話を締め括《くく》る。それに周囲の人々は困惑しつつも、取りあえずは小さな拍手を彼に送った。

「……性格は気に食わないけど、推理は見事だったね。そこは認めるよ」

「ああ。俺もあいつのプロ根性を見せて貰ったぜ」

苦笑を零しながらも称賛の言葉を口にする女主人に、シャーロックが同意した。


「助かった、ホームズ。毎度毎度、本当に感謝している」

事件解決後。真相を伝えて怒れる住民たちを鎮め、どうにか最悪の事態を免れたその帰りの馬車にて、レストレードはシャーロックに深々と頭を下げる。

警部の頭頂部と対面しながら、シャーロックは苦笑した。

「感謝ならグレッグソンにしろよ。今回は色んな意味で目新しくて楽しませて貰ったが、間違いなく主役はあいつだったぜ」

言いながら、シャーロックは雛《ひな》の巣立ちを見届けた親鳥のような心境になる。グレッグ

ソンの方は探偵と同乗したくはなかったのか、事件の後処理をしてから帰る手筈となっている。

シャーロックの言葉に、レストレードも頬を掻きながら頷く。

「それもそうだな。グレッグソンも普段は早とちりが多いが、今日の事件はあいつの情報がヒントになった」

「おまけに終盤では切れ味のある推理を披露したしな。トリックについては俺がヒントを出しはしたが、あれだけで結論に行き着けるのはやはり実力がある証拠だろうな」

グレッグソンの活躍を思い出して微笑ましげに口元を緩めるシャーロックだったが、彼は唐突に真剣な面持ちで車窓の外を見つめる。それを見たレストレードも口を引き結んだ。

――彼らが事件現場を去る直前。別の馬車に連行されていくマイク・マイヤーズに、シャーロックは問いかけた。

「なあ、聞きたい事がある。お前の手口は斬新ではあったが……あれを行う為には、わざわざ被害者のいる下の階の部屋を借りておかないといけないし、天井越しじゃ被害者に致命傷を与えたかも確認できない。警官の配置次第じゃそもそも実行すら出来なかっただろうから、随分と運に頼ってる部分が多い気がする。実際、被害者の傷の具合で『自殺説』を否定できた点を踏まえれば、銃弾が身体を貫通しちまったのはお前にとっては不都合な

出来事だ。まあ、弾が貫通するかどうかまで計算に入れるのは難しいだろうがな」

「………」

足を止めたマイクは妙に冷めた眼差しを探偵に向けていた。するとシャーロックは更なる疑問をぶつける。

「それに動機の面もいまいち納得できねえ。顔に火傷を負ってるとはいえ、容疑者が三人揃った時点で既に捕まえた他のデパート襲撃犯に面通しすりゃ一発で素性がバレる。俺たちは一先《ひとま》ず口封じって前提で捜査を進めていたが、本当にそれが目的だったのか？」

シャーロックが言い終えると、マイクは不気味な程に静かな口調で応じた。

「運頼み、か。確かにその通りだ。この殺害計画が成功するかは俺自身半信半疑だった」

「ほう。ならどうして実行した？」

そこでマイクはぼんやりと宙を見上げた。

「さあ、何でだろうな。強いて言うなら――やってみたくなったんだ」

「……やってみたくなった？」

「警察の噂に振り回されてこの宿に行き着いた時、ふとこの手口を思い付いたんだ。だから仲間とは別々の部屋を借りて、警察がここに来た時の為に脱走の手順だけを伝えた。そして警察が近くまで来てると確信した時、仲間には黙って火事の仕込みなんかを始めた。

……俺の事がバレるのが嫌だったたってのはある。だけどそれ以上に、そんな計画を立てる事が楽しく思えたんだ」

「つまり、快楽殺人か？」

「不思議な感覚だ。俺は人殺しは悪だと思ってたし、今までは多少犯罪じみた行為はしても他人を無意味に傷付ける事はしなかった。だけどこないだのデパート襲撃に参加して、ジェイク・ボーヒーズって男を見た時、俺の中の何かが変わった。……いや、壊れたんだ」

「……ジェイクってのは、確かあの事件の首謀者だったたな」

「あいつは俺たちとは違う価値観で動いてた。人の命を虫けらのように扱って、吐き気がするような残虐さを平然と発揮して……俺はそれに嫌気が差しながらも、俺なりに信じていた倫理や道徳ってのは実はとんでもなくちっぽけで下らないものなんじゃないかって考えるようになったんだ」

「…………」

「ま、考えれば他にも色々と理由はあるんだろうが、『殺してみたくなったから殺した』。俺の動機はそんなとこだ、探偵さんよ」

至極穏やかな声音で言い残すと、マイクは警官に連れられて馬車に乗り込んだ。シャー

ロックとレストレードは、その姿を苦々しい顔で眺めていた。

――そんな慄然とするやり取りを思い出して、二人の間に重い沈黙が降りる。

「……理由無き殺人とは、恐ろしい話だ」

「寧ろあいつにそこまでの影響を与えたジェイクが異常だったんだよ」

それ以上はこの件について語りたくない、とばかりにシャーロック・ホームズは口を閉ざした。後味の悪い真相に胸中をざわつかせていると、彼はふと今回の事件の容疑者の中にいた一人の男を思い出した。

この事件が起こるまでの背景を踏まえると、逃亡犯二人は何者かに導かれる形であの宿に辿り着いた可能性が高い。そんな真似をするのは〝犯罪卿〟だろうと想定していたが、その目的が未だに明瞭でない。

唯一考えられるとすれば、あのジェリー・ドーフという男だが……。

「結局、何者だったんだろうな……」

「ん？　何の話だ？」

レストレードが呟きに反応するが、シャーロックは頭《かぶり》を振る。

「気にすんな。些細《ささい》な〝謎〟についてだ。どうせ今頃はどっかに消えちまってるだろうさ」

「…………？」

探偵がさっぱりと話を打ち切ると、間もなく馬車は探偵の住む部屋の前へと到着する。時刻は夕方過ぎで、見慣れた我が家は西に沈み行く夕日に照らされ温かな色に染まっている。風変わりな事件と面倒な相方によって心身共に疲れ切っていたのか、無意識にシャーロックは大きく息を吐いた。

「じゃ、そういう訳であの口やかましい警部補にもよろしく言っといてくれ。もう助手代わりにするのはこりごりだとな」

「同じ事をグレッグソンも言いそうだ。それでは、事件があればまた」

「ああ。難事件を待ってるぜ」

下車したシャーロックが爽やかに別れを告げると、レストレードも再度頭を下げて御者に指示を出す。そのまま馬車は颯爽と街路を駆け抜けていった。

それが通りの角を曲がって消えるまで見送ってからシャーロックは建物に入ると、軽く肩を回しながら階段を昇り、自分の部屋の扉を開けた。

「おーい、仕事は終わったぞ～」

そう気怠《けだる》げに帰宅を告げると、聞き慣れた声が二人分返ってくる。

「お帰りなさい」

「お帰り。……そしてただいま、シャーロック」

見ると、ジョン・H・ワトソンが優しい笑みと共に立っていた。どうやら、彼もまた部屋に帰ってきたばかりらしい。

「おう、互いにお疲れ様だな」

相棒の顔を見て、シャーロックもようやく心の底から弛緩《しかん》する。そして疲労感たっぷりに自分の椅子に座り込んだ。

そんなシャーロックの様子を目の当たりにして、ジョンが申し訳無さそうに言った。

「すまない。どうやら大変な事件だったようだが、付き添えなかった」

「構わねえよ。いつもお前がいられる訳じゃねえもんな。こういうパターンもあるって事だ」

「……そうか」

もしかして愚痴や文句をぶつけられるのを想像していたのか、ジョンは少し安堵したような、或《ある》いは寂しそうな笑みを返す。

そしてシャーロックはジョンのそんな複雑で繊細な心境を読み取った上で、こう言った。

「……やっぱ俺の相棒はお前だけだぜ、ジョン」

その言葉にジョンも面映《おもは》ゆくなったのか、少し頬を赤くした。

「そ、そうか。……面と向かって言われると、何だか照れるな」

「ええ、どうやら天下の名探偵は探偵助手を生涯の伴侶にする気みたいね」

ハドソンがそう冗談を口にすると、一気に場が和やかになる。釣られて笑ったシャーロックが「何言ってんだ」とツッコミを入れようとした瞬間、半日以上付きっきりとなったあの警部補の顔が頭に思い浮かんだ。途端に全身が鉛のように重くなる。

「ああ、やっぱ相棒はお前が良い。……少なくとも、あいつは二度と御免だ」

目の前でジョンとハドソンが微笑むと、シャーロックはどこかげんなりとした声音で呟いた。


――全く以《もっ》て奇妙な一日だった。

シャーロック・ホームズたちが事件を解決した後、彼らにジェリー・ドーフと名乗った男はそう思った。

男は今、一枚の紙片を手に市内の大通りを歩いている。殺人放火事件の容疑者にされる切っ掛けになった包帯は外しておらず、その異様な風貌にすれ違う人々は訝しさや不快感を込めた眼差しを無遠慮に送る。

だが、そんな負の感情にはもう慣れた。なので男はお構いなしに目的地へと足を運ぶ。

その間、男はそんな不気味な容姿に成り果てるまでの経緯を思い返していた。

――男は元々、ある小売店を一大商業施設にまで発展させた敏腕経営者だったが、ある時、親しくしていたはずの貴族に裏切られた。夜中にいきなり攫《さら》われ、ロンドン市内の人気《ひとけ》のない場所で撃たれ、生きたまま全身を焼かれ、そして川に捨てられたのだ。

だが、男は生きていた。下流まで流された所で意識を取り戻し、どうにか川から這い上がって自力で助かったのだ。このままもう一度自宅まで戻り、子供や友人に自分の無事を知らせようと考えたが――考えたところで、止《や》めた。

自分を殺しにかかった男は、この国で絶対の力を持つ貴族だ。もし自分が生き延びた事を知れば次こそ完全に抹殺され、あまつさえ大切な人たちにも危害が加わるかもしれない。だから、男は全てを諦めた。自己の生存証明を諦め、平和な暮らしを諦め、家族や友人との再会を諦めた。それから男は誰にも素性を明かさず、ジェリーという偽名を使って貧民街で孤独に生きていた。

しかしつい先日、男が宿泊していた宿の部屋に奇妙な手紙が届いた。そこには男の実名と簡単な指示が記されていた。

その内容を嚙み砕くと、近々宿で事件が発生し、自分は容疑者の一人として巻き込まれ、それを名探偵シャーロック・ホームズが解決するだろう、とあった。そしてその解決を見

届けた後この住所まで来るように、と続いていた。そして実際に、あの名探偵が関わる事件に男は容疑者の一人として巻き込まれた。

手紙を読んだ当初はいよいよ自分の生存がバレたのかと焦燥に駆られたが、それなら手紙ではなく刺客を送るはずだと思い、少なくともこの手紙の主は自分へ敵意は持っていないと推測した。

それに事件の発生から解決までをピタリと的中させた点も踏まえると、この人物が相当の先見性を有しているのが容易に知れる。なので今や何の力も持たない自分が指示に背いても無意味と判断し、男は不安を抱えながらもその住所へ向かう事を決心したのだ。

「……流されるままにしか動けないとは、正に操り人形だな」

男は自虐的に独りごつと、そこで足を止めた。手紙に書かれていた住所に到着したのだ。

そこは市内の繁華街の中心地だった。夕暮れ時の中、立ち並ぶ街灯がバースデーケーキの蠟燭《ろうそく》のように軽やかな光を放っている。行き交う人々は相変わらず男に向かって怪訝《けげん》な視線を送るが、やはり男は全く意に介さない。

人の流れの中、男は微動だにせず、ある巨大な建物に目を奪われていた。

それはかつて彼が友人と共に成功へ導いたデパートだった。少し前に起きた大事件の影響で今は営業を中止しているらしいが、その堂々とした佇まいを前に男の胸に郷愁の念が

押し寄せる。

けれど、自分は最早世捨て人も同然の身。我が子のように成長を見守ってきたこのデパートがどんな結末を迎えようが、それは自分には関係の無い事だ。そして大事な家族が今どんな日々を過ごしているのかも、無関係だ。

断固たる決意と、その中にどうしても生まれる悲愴《ひそう》や後悔。もしやこの手紙を出した者は自分にそんな思いをさせる目的があったのだろうか。だとすれば、何者かは知らないが、相当な悪趣味だ。

男は若干の憤りと虚しさを抱えて、その場を後にしようとした。

その時、通りの少し先で、一台の馬車が停車するのが目に留まった。


「――ねえ、ウィリアム。いきなり私の家まで馬車で迎えに来たと思ったら、こんな場所まで連れてきて、一体何のつもり？」

ヘレナ・カーティスは馬車に同乗するウィリアム・ジェームズ・モリアーティに問いかける。その隣には兄であるアルバートが座り、馬の手綱は末弟のルイスが握っていた。

しかしウィリアムもアルバートも意味深な微笑を返すだけだ。

「降りてみれば分かるよ。……ここまでが、僕の『計画』だからね」

「………？」

彼が言っている意味を解せずに、取りあえず指示された通りに少女は外へと降り立った。

そこはつい先日にウィリアムと知り合う切っ掛けになった場所であり、凶悪な籠城事件が起きたデパートの前だった。

「……『祝！　営業再開！』なんて垂れ幕でも出すつもりかしら？」

ヘレナは今やその巨大さが空虚に見える建造物を見上げながら呟く。彼女としても自分の庭のように思えたこのデパートが消えてしまうのは名残惜しくはあったが、それも致し方ないと納得もしている。良い意味でも悪い意味でも、彼女は聡明《そうめい》だった。

こんな場所に一体何の用があるのだろう。

そう問いかけようと、ヘレナが馬車を振り向きかけた時、横合いから彼女に声がかけられる。

「……ヘレナ？」

「――え？」

少女が咄嗟に声がした方を見ると、そこには顔中包帯塗《まみ》れの男が一人立っていた。黄昏《たそがれ》時の日差しを背に佇立《ちょりつ》するその様は、まるで絵本に出て来る魔物に似ている。

ヘレナは驚いていた。

突然そんな不審人物に名前を呼ばれた事にではない。彼女が意表を衝かれたのは、その『色』だ。

——日没前に夕日を浴びながら浮かぶ雲みたいに温かくて少し寂しそうな色。

今が夕方だから、目で見る色と勘違いしてしまったのだろうか。否、断じてそうではない。今の色は確かにこの男の人が発したものだ。

すると男の方はハッと何かに気付いた様子で、少女から顔を背ける。

「すみません。人違いでした。知人の子と似ていたもので」

誰かに言い訳するようにそう告げて、男は背中を向けて立ち去ろうとする。

だが、ヘレナは真っ直ぐ男を見据えたまま叫んだ。

「お父さん！　お父さんでしょ!?」

強い確信が込められた、明瞭な語気。少女の訴えを背で浴びながら、男は俯いた。

「……違います。私は君とは何の関係も無い」

「嘘よ！　貴方はお父さんと同じ色だもの！　絶対間違えるはず無いわ！」

次の叫びには既に震えが混じっていた。ヘレナは勢いのまま男に走り寄る。男は背中を向けたまま拳を握り込んでいたが、やがて全てを振り切ったように少女の方を振り向き、片膝を突いて全力で駆けてくる娘を両腕で抱き締めた。

「ずっと会いたかった……」

着古してズタボロとなった服の胸元に顔を埋《うず》めながら、ヘレナは言う。その表情は見えずとも、彼女が涙を流しているのが男には分かった。

「……久しぶりだな。こんなに大きくなって」

男も、最早人目を憚る事なく娘に微笑みかける。今この瞬間ばかりは都会の喧噪《けんそう》は消え失《う》せた。離れ離れだった親子の再会を西日が柔らかく包み込んでいた。

このまま時が止まってしまえば、迫り来る災厄に苦悩しなくて済むのに。そう考えたところで、男は名残惜しそうにしつつも、少女の顔を胸から引き剝がした。

「ヘレナ。もう一度会えて嬉《うれ》しい。けれど、もう駄目だ。私が生きているのが奴にバレたら――」

「――それを危惧する必要はもうありませんよ」

そこで馬車から降りてきていたウィリアムが言った。

「……貴方は？」

「私はウィリアム・ジェームズ・モリアーティと申します。縁あって、ヘレナさんとご友人の関係を築かせて頂いております」

彼の自己紹介に合わせて、ヘレナが涙を拭い、嬉々《きき》として両手を広げる。

「ウィリアムのおかげで、私もケヴィンさんも命を救われたのよ。それに、あのアンディって貴族も手出しできないようになったわ」

「それは……本当か？」

男は包帯の奥で目を見開くと、またウィリアムの方を見る。それにウィリアムは慈愛に満ちた微笑で応じた。

「突然過ぎて理解に時間がかかるでしょうが、問題はありません。貴方たちを苦しめていたものは、全て排除しましたから」

「そんな。……一体どうやって」

「その点については、この後娘さんとごゆっくりお話しして下さい」

喜びよりも戸惑いが勝った様子の男に対してそれだけ言い残すと、ウィリアムはまた馬車に乗り込んだ。ヘレナは彼と中に座るアルバート、そして御者を務めるルイスに向けて満面の笑みを向ける。

「モリアーティ家の皆さん。本当にありがとう。『ありがとう』って何度言っても足りないわ」

彼女がそう言うと、ウィリアムも礼儀正しい一礼をして馬車を出発させる。最後にポカンと立ち尽くす男と、精一杯手を振る少女の姿を目に留め、優しい笑みを浮かべる。

そんな彼に向けて、アルバートもふっと笑いを零す。

「これが『最後の仕上げ』か？」

ウィリアムはこくりと頷く。

「その通りです。アルバート兄さん」

――ヘレナの父を捜し出し、親子を再会させる。それが今回のウィリアムの計画だった。

サバイバルゲームでアンディを裁くべく、彼がヘレナの父に対して行った所業を調査していく中で、ウィリアムはヘレナの父が生存してどこかに潜んでいる可能性に行き着いた。

早速捜索を開始したが、彼は相当目立たぬよう生活しているらしく、その居場所は杳《よう》として知れなかった。そこでウィリアムは警察から逃亡したという例のデパート襲撃犯を利用した。

彼らは貧民街出身で前々から小さな犯罪を繰り返しており、警察の手を逃れる術を心得ていた。当然、生まれ育った街のどこに隠れれば捜査を掻い潜《くぐ》れるかも熟知している。逆に言えば、彼らが行き着く先こそがヘレナの父のように自分の存在を隠したい人間が潜むには絶好の場所であると考えられる。なのでウィリアムは逃亡犯がある場所に潜伏するや否や、その周辺に探りを入れ、ヘレナの父がいないと判断したら警察の存在を匂わせ、彼らを次の潜伏場所へと誘導した。

それを繰り返している内に、果たしてウィリアムの読み通り、ある宿にヘレナの父と思われる人物がジェリー・ドーフという名で宿泊しているのを発見した。だが長い潜伏期間で疑心暗鬼となっている彼をヘレナの下に呼び出すのは容易ではない。強引に拉致するのは論外だし、彼の前にヘレナを連れて行っても、貴族による罠《わな》だと誤解されたかもしれない。

様々な手段を模索した結果、ウィリアムは一通の手紙を出した。あれはこれから起きる事件とその顚末《てんまつ》までの全てを記した予言書でもあり、害意が無い事を示しつつも暗に自分の張った網の目からは逃れられないと告げた最終通告でもある。そして後は警察に逃亡犯がいるとタレコミを流すだけ。

その後は探偵と警察が動いてデパート襲撃事件の残党を狩り、ヘレナの父はこの場所まで導かれた。全て〝犯罪卿〟の手の平の上で繰り広げられた、微塵《みじん》の狂いもない結末だ。

ささやかな報酬として美しい親子愛を見届けたウィリアム。彼は同乗するアルバートと意味ありげに目を見合わせてから、弟に声をかける。

「行こうか、ルイス」

「はい。ウィリアム兄さん」

返事をすると、ルイスは僅かに馬の速度を上げげた。

黄昏色に染まる計画を完遂した彼らが向かうのは、未だ輝きを放つ夕焼け空とは反対の、既に漆黒に染まり行く方角だ。

日が沈みきれば、またこの街は夜の闇に支配される。自分たちはその暗部の中を疾駆し、目的を果たし続けるだろう。そうする内に、やがて夜明けが訪れる。全ての闇を晴らし、人々に希望を与える新しい一日が始まるのだ。

馬車は一直線に走り続け、微笑を浮かべたウィリアム・ジェームズ・モリアーティは闇に溶け出す街の中へと消えていく。

いつか朝日が差し込んだこの世界に、自分たちが作り上げた理想が浮かび上がるのを信じて。

［ 初出 ］
憂国のモリアーティ 虹を視る少女　書き下ろし

小説… JUMP j BOOKS

憂国のモリアーティ
虹を視る少女

2020年10月 7 日　第1刷発行
2021年 7 月14日　第3刷発行

著者／竹内良輔　三好 輝　埼田要介

装丁／黒木 香+ベイブリッジ・スタジオ
編集協力／中本良之
校正・校閲／鷗来堂
編集人／千葉佳余
発行者／北畠輝幸
発行所／株式会社 集英社
〒101-8050　東京都千代田区一ツ橋2-5-10
TEL 03-3230-6297（編集部）
03-3230-6080（読者係）
03-3230-6393（販売部・書店専用）
印刷所／凸版印刷株式会社

Printed in Japan　ISBN978-4-08-703502-5　C0293　検印廃止